朱宜
Zhu Yi
戏剧作品集

我是月亮

I Am a Moon

译林出版社

图书在版编目（CIP）数据

我是月亮／朱宜著．—南京：译林出版社，
2021.10(2021.12重印)
(现场文丛)
ISBN 978-7-5447-8814-4

Ⅰ.①我… Ⅱ.①朱… Ⅲ.①话剧剧本－作品集－中国－当代 Ⅳ.①I234

中国版本图书馆CIP数据核字（2021）第163770号

我是月亮　朱　宜／著

丛书主编　何　平
责任编辑　郑　丹
特约编辑　李　蕊
装帧设计　一亩幻想
封面画作　杨伯都
校　　对　戴小娥　蒋　燕
责任印制　颜　亮

出版发行　译林出版社
地　　址　南京市湖南路1号A楼
邮　　箱　yilin@yilin.com
网　　址　www.yilin.com
市场热线　025-86633278
排　　版　南京展望文化发展有限公司
印　　刷　江苏凤凰通达印刷有限公司
开　　本　850毫米 ×1168毫米　1/32
印　　张　8.375
插　　页　2
版　　次　2021年10月第1版
印　　次　2021年12月第2次印刷
书　　号　ISBN 978-7-5447-8814-4
定　　价　52.00元

目录

我是月亮

我是一块巨石布满了陨坑

一具身体覆盖着吻痕

一只苹果在地上摔疼

一　登月

人物：

宇航员——一个中年男子的声音

主持人——一个女人的声音

【黑暗中。

主持人的声音：

您现在心情非常激动吧？准备好了吗？

【停顿。

宇航员的声音：

你这身制服一穿，可真辣。

主持人的声音：

真的吗？谢谢！唔，在您……离开之前，您有什么话想对家人、粉丝，或者是对地球说？

宇航员的声音：

都待那儿别动。我去去就回。

主持人的声音：

哈哈哈，您可真逗！好了，到时间该出发了！祝您一切顺利！保重了！咱们一会儿继续聊！好的，请大家现在和我一同倒计时！**准备好了吗？**十！九！八！七！

【引擎的巨响很快淹没了倒数的声音，渐渐地，引擎声消失。

【灯亮。

二　我和爱

人物：

男人——亚裔，四十岁左右。

吉米——男，亚裔，四十岁左右。

【一个大约四十岁的亚洲男人半裸着躺在床上，脸色苍白。床边有一盏光线暗黄的灯。

男人：

在平安夜前的早晨，我听到了这个消息。

我起床，打开收音机，刷牙，把面包片放到烤箱……张开嘴刚要吃，我听到了这个消息。我第一反应是，感到一阵荒唐。我一遍遍重复收音机里刚刚报出的那些句子……突然间，如同成千上万盏挂在巨型圣诞树上的小灯泡同时爆掉，整个世界在我眼前熄灭。

后来的事我就记不清了，只记得我机械地扔掉面包，躺回床上，再也没有了爬起来的力气。接下来的一整天里，我就那么躺着。不想动，不想吃，就这么躺在那儿，瞪着空气。

她死在东京平安夜前的下午。我们那时还是午夜。

与此同时，她依然在我的电脑里，占据着 20 G 的空间，在一个取名为“新建文档 1”的文件夹里，这样就很少有人会有兴趣点开来看看。

第一次看她的片子时我才十二岁，男孩子差不多都是这么大开始看黄片吧。我已经记不起是吉米找来的还是我找来的了，又或者是我们俩一块儿发现的。你懂的，男生对这类事物天生嗅觉灵敏。反正有一次学校开家长会，我和他就躲在家里一起看了那片子。那个晚上之后，我俩就成了最好的哥们儿，而她则成了我们的女神。那种感觉很特别，好像是我们俩共享一个女朋友，但又比这个更纯洁。因为我发誓，如果在现实生活里吉米敢打我女朋友的主意，看我不抽他。然而当我们谈论起**她**，那感觉就像在谈论学校里的事，就像在谈论我们自己。

后来我看了其他的一些“片子”，深深叹服于这世界的千姿百态，以及身体和身体之间各种不可思议的差别，尤其在……柔韧性方面。走在大街上，世界在我眼中发生了微妙的变化，就连人们走路和谈笑的姿势也看起来和往日不同了。哇！这世上万事万物之间至关重要的一环终于被连上了。他为何露出那种微笑，她为何发出那样的尖叫，那天清晨她为何连灌三杯黑咖啡，他出差她干吗哭成那样，那人为什么被人从窗口扔出去……我开始懂得人间之事了。哇！我暗自惊叹。

美国的 A 片质量是很高的，但是我对它们压根提不起兴趣。浓妆艳抹的女人大声高喊着：“来啊！宝贝儿！干我！干我！”每当想起这种画面，我都感到不可言说的恐惧，你怎么能把那种话讲出来呢？没有暗示，一点也不含蓄，毫无优雅可言。我们不是动物，不是牲畜。假如一只狗、猫或者大象能开口，我打赌它们会说出同样的话。可是**她**，看起来永远那样天真清纯。她不会说“来啊！宝贝儿！”，相反，她会用天使般的声音轻吟：“先生，不要。”聪明啊！不是吗？这样恰恰更能鼓舞男人。你说什么样的男人会想要被人当成“宝贝儿”而不是“先生”呢？

当她在摄影机面前做爱时，她天真的脸颊写满了欣赏和称赞。我几乎都忘记了我是在看一部 A 片——它变成了一件丝毫不令人羞愧的事。她就像一个大姐姐那样引领我、鼓励我，让我成长为一个男人。

我十七岁的时候交了第一个女朋友。在漫无休止的辩论、谈心和争吵之后，她总算同意和我那个了。我们和衣躺下，我在脑海中一遍遍温习影片中的画面。首先我……接着再……如果她……那我就……最后我们……行了！我准备好了！我开始脱她的衣服。“不要。”她轻声说。太棒了，跟我的计划完全吻合，和片子里演的分毫不差。我继续行动，第一步成功，她一丝不挂，害羞地咯咯直笑。她美极了，但是当我望着她的时候，我感觉到有些东西不对劲，不过我也没细想。行动继续。每一步都很成功，她没哭——我最担心这个了；我没有在压力之下不举；也没有人半路闯进来。一切都很顺利。但是完事之后，我们并排躺在那儿，我依然感到什么事情……不太对劲。然后我明白了，她不是**她**！

那次之后，我们又睡了几次。说实话，我的确有得到满足，没什么可挑剔的。但我总感到不对劲。一个月后，我和那女孩分手了，维持那段关系令我极内疚，那女孩也有一张天使般的脸，正是这样我才不愿意伤害她。但无论如何，她不是**她**。既然我已经明白了人和人身体之间的区别，便再也没法骗自己。

我和另外一个女孩约会过几次，她同样也有张天使的面容，是我喜欢的类型。我们一起吃饭，她给我做饭，我给她做饭；我们一起看电影，呃，我指的是电影院里那种普通电影；我们拍情侣照；我们也亲吻，在说“再见”和“谢谢”的时候。然后，就到此为止了。这一次我连试都没有试。她不是**她**，我已经清楚了这一点。至今我们还是很好的朋友。她是个很酷的姑娘，但她不是**她**。

在那次分手之后，我走回家，打开电脑又开始看那些片子。不知为何，这一次我发现了一些新的，以前未曾注意过的东西。我看出了她掩饰在快乐表面之下的悲伤。我立刻把她所有的影片都翻出来看了一遍，没错，她的脸上写满了忧伤和寂寞。为什么之前我从来没有注意到？我凝视着她，她笑的时候，我能看见泪珠在她的脸颊上滚落。我心如刀绞。“你竟然这样不快乐。”我对着屏幕温柔地说。她听不到，仍然在哭。我活到这么大，第一次感到自己是个窝囊废。我什么都不是！我还在花父母的钱上学，自己口袋空空，一个子儿也没有，更谈不上什么权力和社会地位。我没法去拯救她、安慰她，连见她一面都不能。日本又那么远，我不能就这么打长途报警："莫西莫西！有个邪恶的色情电影公司在奴役一名可怜的少女！快去逮捕他们！阿里嘎多！"（停顿）没准拍摄色情片在她的国家是合法的？但我看到过她的眼泪，我知道她不是心甘情愿的。她注视我的眼神，让我感到了一种身为一个男人，一个恋人，一个兄弟的责任。"我会来救你的。"我向她发誓。

从那天起，我变得惊人地用功，渐渐地，我成了全班第一，全校第一，全镇第一。我知道我必须努力学习，变得非常非常优秀才配得上她，因为她是那样的完美。总有一天，我会成为一个大人物，"等着我！"，她点点头。

现在看看我吧。我进入世界一流大学读博，拿全额奖学金，成为荣誉毕业生，进了一家大公司，不断受到提拔。我开始挣大钱，开始受人重视，受人尊敬，和那些声名显赫的人建立交情。有一次，我甚至和一名日本政府的高官共进晚餐。我和他提起了她，他笑着对我眨了眨眼。他已经五十岁了，但那一笑让我想起少年时的吉米。当男孩们共同保守一个珍贵的小秘密的时候，他们就会互相露出那样的笑容。我和那名日本官员简直在一秒钟之内就成了哥们儿——一种近乎宗教般的纽带将我们紧紧连在一起。那一刻，我离她那么近！

然后，她死了。

人们议论纷纷，有的人说她死于艾滋病，还有的人说她因羞愧而自杀。有些报纸说，她是被一个疯狂的粉丝谋杀的。不，绝无可能，任何一个人看了她的影片之后都不可能忍心伤害她。你知道谁是真正的凶手吗？是上帝。上帝想听约翰·列侬唱歌，他就把约翰·列侬召唤到天堂。上帝想要玛丽莲·梦露陪在身边，玛丽莲·梦露就上去了。而现在，上帝想要她了。上帝不甘寂寞！所以，所有伟大的艺术家都要在他们最好的年华里“香消玉殒”。她死的时候才三十六岁，对于一名AV女优来说，三十六岁也许已不是最好的年华，但对于一个女人来说，是的。

我爱她，我依然深深地爱着她。我躺在床上静静闭上眼睛，脑海里所能想到的全是她，她柔软的身子，她的笑颜，她假装乞求时的样子，她呻吟，她唇齿轻吐：“真舒服啊。”我不知不觉开始打手枪。第一次结束后，我稍等片刻又开始第二次。我甚至不用再看那些影片了，我记得片中所有细节。她的一颦一笑已印刻在了我脑中。不知过了多久，我只记得自己机械地一遍遍重复着动作。在第十次之后，第十次！！我感到全身的液体已经流干，我也许把余生的爱都在这一天做完了。我感到自己……像一个垂死的人，筋疲力尽。四周沉入了黑暗，窗外华灯初上。“我为什么要在这里？”我问自己，在那一瞬间，我失去了答案。

然后我打了一个国际长途给吉米。他和妻子在老家开了家水果行，已经有十来年了。他妻子是个很会过日子的女人。

【男人打了一个电话，有人接了起来。

吉米：

你好！吉米水果行！

男人：

她死了……

吉米：

我知道。

【长久的沉默。

男人：

我听到他在那一头的哭声。他哭了很久。我以为我也会哭，但是我却没有。我等啊等，最后睡着了。

【停顿。

等我醒来的时候，已经是圣诞节了。

【机器轰鸣声再次出现。

三　登月

主持人的声音：

六！五！四！三！二！一！

【机器轰鸣声。

【同一时间，男人窗外升起节日的礼花。

主持人的声音：

是的！他成功了！他成功了！火箭刚刚发射成功！真是无比壮观！（停顿）我们暂时和宇宙飞船断开了联络。技术支持部正在全力抢修通信系统。（停顿）喂？喂？能听到我说话吗？请说话好吗？说句话好吗？喂？（对她身旁的某个人）快修！快啊！快修啊！（对麦克风）喂？您还好吗？请回答！喂？您还好吗？出什么事了？嘿！嘿！！嘿！！！天哪……天哪……

【一阵电波杂音。

宇航员的声音：

（咳嗽）刚才那一下简直把我震飞了。

四　邻居

人物：

安吉拉——一个非常胖的女孩，二十三岁，戴着眼镜，身上有一种拘谨的书呆子气。她是某座常春藤盟校的数学系研究生。

男人——“我和爱”一场里的亚洲男人。

场景：

在安吉拉和男人居住的公寓楼里

【电梯上的数字显示：3、2、1，“叮”，电梯门开了。

【安吉拉进了电梯。

【男人所在的半边舞台是暗场，但他床边的那盏黄色台灯仍然亮着。

【电梯门关上了，在电梯数字从1变换到30的时间里，安吉拉对着电梯讲话。

安吉拉：

我家窗户正对着一间公寓，里面住着一个奇怪的亚裔男人，他很静，从不讲话，不唱歌，也不笑。当然了，离得那么远，是没法听到任何声音的。但我能**看到**他房间里的那种静，从早到晚都是死气沉沉，有时候他会一个人打一下午的手枪！

我向那些不装窗帘的人致敬，是他们让整幢大厦变成一台有几百个频道的巨型电视机。而在所有的频道里，我最喜欢他。我可不是说我爱看三级片。而且这也不能叫偷窥，因为是他自己不装窗帘的，这就像给所有人发邀请一样。不过话说回来，不用花力气去接近，也没有任何风险，就能轻轻松松地看到一个人生活中最私密的部分，难道你忍得住吗？

那扇窗户把我们联系在一起。日复一日，我们就像成了老朋友，只不过他对此一无所知。我时常猜测，他的生命中曾发生过什么？他为什么会在这里？他是中国人，韩国人，还是日本人？我真是好奇！我常常在电梯里碰到他。他下班回家，西装笔挺，提一个公文包，我惊讶极了，因为电梯里的他和常人没有两样。我想上前打个招呼，随便聊点什么，可他实在是太安静了。“嗨，我看过你打手枪，打得漂亮，令人难忘！很高兴认识你。”我可不能就这么说啊……我能吗？我实在是不太擅长搭话。

我总是把面试搞砸。究竟怎样能让一个人在一分钟内对你产生好印象？我把“面试技巧指南”读了个遍，可我还是一塌糊涂。白马王子在睡美人睡觉的时候把她吻醒，她非但没有报警，还爱上了他。有一天尼古拉斯·凯奇去一家寿司店吃饭，然后“嘭！”——服务员金永京就成了他的太太。白马王子和尼古拉斯·凯奇的老婆是我的偶像！到底是什么能让一个人在短短一分钟里就接受另一个人？这简直是世界上最神秘不可捉摸的事情。而最遗憾的是，我是一个多么有趣的人啊！只要我们接触得稍稍久一些，你会发现我是一个有趣、敏感、聪明，甚至有点漂亮的女孩。真的。人们管我们这样的叫“第二眼美女”，只要我能让你再看那一眼。我们也许会成为朋友；我们也许会一起分享世界上最好笑的笑话；我们也许会坠入爱河；我们也许会变成仇人，到死都无法原谅对方；我们也许会掏出一把刀捅向对方，我们会大哭会尖叫，我爱你我恨你我爱你我恨你！（停顿）这一切对你来说是不是风险太大了？

但是一分钟实在太短了。我还在想该如何开口，他已跨出了电梯。接下来，我知道他又会打开那盏黄色的台灯，而我只能透过窗户看见他了。

【她看向那男人床边昏暗黄色的台灯。

【灯光变化。

五　控制

人物：

安吉拉

贾斯汀——一个年轻的摇滚明星，瘦削英俊。他和安吉拉同校，在读艺术硕士。他长得很帅，他自己对这一点也很清楚。

场景：

大学旁的夜车车站

时间：

午夜

【安吉拉和贾斯汀在通往车站的路上分头走着，安吉拉走在贾斯汀前面。她听到了身后的脚步声，回头看到了贾斯汀，她感到被他从后面打量很尴尬，于是把脚步放慢了一点，可这么一来，两人几乎是并排着走了，这让她更扭捏……

【他们到了车站，那儿只有两个连在一起的座位。安吉拉正想坐下，瞄见了贾斯汀，她立刻改主意了。她把眼神转向另一边，避免看向他。

贾斯汀：

嘿，俩座位都是你的，我喜欢站着。

安吉拉：

哦……（她很尴尬）我也喜欢站着。

贾斯汀：

坐吧，你那么多书呢。

【安吉拉很小心地坐下（她尽量使自己体积缩小），但她仍然占了两个座位，在男孩面前这样令她十分尴尬。所以她想尽量用书来掩盖自己的肚腩。

【两人等车。过了很久还是没有车的影子。贾斯汀感到了无聊。

贾斯汀：

真他妈慢，是吧？

安吉拉：

嗯。

贾斯汀：

你是这儿的学生？

安吉拉：

对。

贾斯汀：

我也是。

安吉拉：

哦。

贾斯汀：

认识你很高兴，（我是）贾斯汀。

安吉拉：

我也是……（我是）安吉拉。

贾斯汀：

你哪个专业的？

安吉拉：

数学。

贾斯汀：

哟，真厉害。我，艺术，音乐专业。

安吉拉：

酷。

【安静。

贾斯汀：

数学系的高才生喜欢流行乐吗？

安吉拉：

我吗？喜欢。

贾斯汀：

你听过贾斯汀·威尔逊的歌吗？

安吉拉：

听过……哦！是你？

贾斯汀：

哎呀，糟糕，被你认出来了。是啊！我也在这儿上学。

安吉拉：

是吗？真没想到！

【她又静下来，再也没有别的话。贾斯汀有些失望，他扫了一眼手表，顺着公交车来的方向看了看街道，没车。

【过了会儿。

贾斯汀：

你喜欢我的歌吗？没事没事，讨厌的话也没关系。

安吉拉：

还行吧，我妹妹有你所有的专辑，所以我也跟着听过一些。她是你的超级粉丝，去年她硬拉着我去看你的演唱会，所以我就和她一块儿去了。

贾斯汀：

真的？演唱会怎么样？喜欢吗？谢谢你，还有你的妹妹！真是太有心了。这么说来，其实你从一开始就认出我了？

安吉拉：

没大认出来……认出一点点……我不确定是不是你……

贾斯汀：

（逗她）别装了。

安吉拉：

（恼羞成怒）我才没装呢！

【贾斯汀饶有兴致地打量她，笑了笑。

贾斯汀：

你脸红了。你和其他人不太一样。

安吉拉：

我知道我占了两个座位！

贾斯汀：

不，不！别这么敏感。我的意思是，其他女孩子看到我的时候，她们总是表现得……热情奔放得过头。不像你，那么酷！

安吉拉：

这算……好吗？

贾斯汀：

好！给我一种与众不同的感觉，我这人不喜欢到处被人看，屁股后面老有人追。你也知道，像我们这样的大明星最讨厌狗仔队什么的了。我只想当一个普通人，享受平静的生活。

安吉拉：

我太了解你的感受了。昨天晚上我听到我室友给朋友打电话，她说：“**我今天看到贾斯汀·威尔逊了**！**我的天**！没有，没能跟他讲上话，要是真的讲上话了，我肯定会一个字一个字打下来传给你的！”——唉，真是幼稚！

贾斯汀：

哦？她真的那么说了？那真是……真是……幼稚。你说得很对！我能不能问你个问题？你说她为什么见到我这么激动，为什么这么喜欢我？我实在搞不懂。

安吉拉：

因为你长得帅，又有名。

贾斯汀：

你这么认为？

安吉拉：

当然啦。

贾斯汀：

这对于女孩来说很有吸引力？

安吉拉：

当然了！每个女孩都吃这一套！（感到自己很聪明）

贾斯汀：

哈……有意思。那等会儿你可以把我跟你讲的话一个字一个字打下来发给你朋友了。

安吉拉：

我才不会！我干吗要那样？

贾斯汀：

我没有要冒犯你的意思。但是，干吗不呢？

安吉拉：

嘿！你以为你是谁！我可没有喜欢你……成那样！

贾斯汀：

是啊，我差点忘记了你是个与众不同的姑娘。一般姑娘大都数学一塌糊涂，而看看你的专业——你是个才女啊！

安吉拉：

谢谢。

【贾斯汀在一张纸片上写了什么东西，递给安吉拉。

贾斯汀：

喏！我的号码，直接打给我，不通过经纪人。我还没给过学校里任何一个人，你也知道，数不清的女孩问我要过。

安吉拉：

你这是什么意思？

贾斯汀：

你激动吗？

安吉拉：

感觉有点怪，你这样……就像给粉丝一个签名一样。

贾斯汀：

哦，你要的话没问题……

安吉拉：

（打断）不用！我忙毕业论文还来不及，我可不像我的室友和我的妹妹那样热衷于这些无聊的东西。请你收回。

【她试图把纸还给贾斯汀，但他不肯收回。

贾斯汀：

哦，你头发里有东西，让我来。

【他轻柔地抚摸她的头发和她的脸颊。安吉拉颤抖着。

贾斯汀：

有男孩子这样碰过你吗？

安吉拉：

车子来了没有？

贾斯汀：

我猜没有。对我你可以敞开真实的自己。你真没必要老是用那些书来遮肚子，宝贝儿，没什么好难为情的。

安吉拉：

别再说了。

贾斯汀：

你有没有看过那个音乐剧《发胶星梦》？你让我想起了里面那个女孩，哦，你们都美极了。

安吉拉：

不，我没看过。

贾斯汀：

你真美，安琪儿，有人这么告诉过你吗？

安吉拉：

我的名字叫安吉拉。

贾斯汀：

当然，我的意思是你看起来像一个安琪儿。

安吉拉：

你在撒谎。

贾斯汀：

你在撒谎。

【贾斯汀摘下她的眼镜，亲吻了她。她震惊了，但根本动不了。

贾斯汀：

现在你确定你不喜欢我？

安吉拉：

简直和做梦一样。

【贾斯汀得意地笑了。

贾斯汀：

你看吧？我就知道你在隐藏真实的情感。

安吉拉：

但是我不想成为那些女孩子中的一员，跟在你的屁股后面跑，那太傻了。好吧，我刚刚撒谎了，我说是我妹妹硬拉我去看你的演唱会，其实是我拉她去的。我实在是太想看你的演唱会了。可当我站在成千上万个为你尖叫的女孩子中间，我感到一种深深的悲哀。尖叫和追逐有什么意义呢？一个亲笔签名能拿来干吗呢？当我站在那些女孩子中间，我突然看清了一个事实：我们可以在这儿站上三百年，但我们当中没有任何一个能有机会真正亲近你，走进你的生活。我们在浪费时间和热情！我感到绝望！

贾斯汀：

哦。你应该早跟我讲的。

安吉拉：

可是如果那样的话，你会把我当成和其他女孩一样的人。你喜欢我正因为我与众不同，哦，不！现在我不再是了！

贾斯汀：

没关系，你仍然是与众不同的……你还是数学系的才女嘛。我喜欢你这么坦诚，你可以和我分享你的一切，没什么好难为情的，每个人生活中都有一块缺乏安全感的部分。喏，我告诉你我的。我总是觉得自己……太瘦了。是啊，他们说这是一种性感。可我总是为之非常焦虑。我们这种皮包骨的人一旦长时间坐在硬的地方，比如岩石上，屁股就会青一块紫一块。太尴尬了！所以我从来不敢在健身房的浴室里洗澡。哈哈哈！好笑吧？伤感吧？你看，我们明星也有凡人的苦恼啊。

【贾斯汀和安吉拉都笑了起来。

安吉拉：

屁股……哈哈哈……青一块紫一块……哈哈！我倒从来没有这种经历。（她看了看自己）去年你的演唱会结束后，我坐地铁回家。那天地铁实在太挤啦，哈哈！好多好多人！大家互相推搡着，脚下乱踢，嘴上乱骂。我的天！我动不了了。因为我太胖了！哈哈哈！我努力试着去动一动，但是我动不了。所以我只好待在原地，让人流把我挤进地铁，再把我挤出来。哈哈哈哈！我是个才女吧？你说对了，我一直是个才女。不过当我下车的时候，我感到后面有点凉飕飕的，你猜怎么了？哈哈哈！我的紧身牛仔裤裂开了！妈呀！哈哈哈！屁股上裂出了一条缝！哈哈哈！（她的笑声听起来带着哭腔）我害怕极了，羞愧极了！我想跑，跑得越远越好，但是我找不到出口在哪儿。每个人都跑到我身后盯着看，包括你那些尖叫的粉丝！她们看着我，又开始尖叫！那一刻我恨不得死掉！

【安吉拉大哭。贾斯汀看着她，坐立不安。

贾斯汀：

该死的公交什么时候才来？这夜真是长得没完没了。那个，太晚了，我还是打车吧。

【安吉拉埋头痛哭，没有回答他。贾斯汀挥手叫停了一辆出租车。

贾斯汀：

来啊，我送你一程……做什么？你一个人在这儿等车不安全，来吧，实在太晚了，我等不了了。明天早晨还有课。那……再见，保重。很高兴认识你。

【贾斯汀钻进出租车，安吉拉坐在那儿，目送车子离开。整条街都空了下来，只有她一个人孤零零地坐在那儿，号啕大哭。

六　登月

主持人的声音：

有那么一瞬间，我以为您已经……

宇航员的声音：

倒还不至于。

主持人的声音：

那么您在做什么？操控机器？记录数据？检查舱内温度？快给我们讲讲！究竟宇航员在宇宙飞船里都干些什么？嘿，大家好，现在您在收听的是从飞船上传来的现场报道！

宇航员的声音：

（停顿）嗯，基本上我就是等着。

主持人的声音：

不好意思，您说什么？请问您抵达月球要花多久？

宇航员的声音：

得看情况，有时候要几天，有时候要几星期，有时候永远也到不了。阿波罗 11 号用了 109 小时，如果这是你想要的答案。

主持人的声音：

而在这漫长的几天、几星期的时间里，您所做的就是“等着”？什么意思？您难道不需要控制一下导航仪什么的吗？

宇航员的声音：

这艘飞船不用导航仪。再说了，我要去的地方可是月亮，怎么可能迷路呢？只要你抬头看到它，就知道朝哪儿开。

主持人的声音：

听起来挺容易的，那我也行！那您究竟要等多长时间呢？

【静场。

宇航员的声音：

说实话，我也不知道。

七　超市

人物：

安吉拉

超市里的男人

超市里的女人

场景：

一家超市里

安吉拉：

我……喜欢超市。

【她笑了，为此感到有点难为情，但是她又重复了一遍，仿佛是一种确认。

我喜欢超市！每当我感到悲伤泄气的时候，我就到超市里来。

这里没有烦恼忧伤的容身之处。跟我来，看看这些新鲜的小虾子！这些摇头晃脑的大龙虾！多新鲜的生菜啊！哇，上面还刚刚喷洒过清水。来，来！摸一下！（她走到一堆餐巾纸前）唔……真软……看看这些浓汤罐头！“五元两罐！”真够滑头的，五元两罐！所以我们想都不想就会两罐一起买。五元两罐！那么多口味，你总是拿不定主意选哪一种——现在你终于有宠溺自己的借口啦。干吗不？来，我们买两罐，或者干脆四罐！真值。只要两块五毛钱，就能温暖起一个冰凉的胃和一个冷清的夜晚。无论长多大，你永远可以在超市里当个孩子。有一次，我满心沮丧地踏进超市，第一眼就看到了新鲜硕大的加利福尼亚草莓！立马我就开始盘算：“我应该怎么享用它们才好呢？拌着甜丝丝的掼奶油该有多美……切成小块浸在白葡萄酒里也会不错……”最终我决定在它们上面浇上酸奶和蜂蜜！真是个绝妙的主意！当我把一盒草莓放进我的购物篮里时，我完全想不起来我之前在沮丧个啥了，满脑袋寻思的只有：“蜂蜜在哪儿？酸奶在哪儿？蜂蜜在哪儿？酸奶在哪儿？”我又重新振作了起来！

有一次，我看到一对男女一路扭打进超市，可当他们推着满载食物的购物车来到收银台的时候，两人看对方的眼神满载浓情蜜意，简直像是要融化到对方的臂弯里去。男人问：

超市里的男人：

我们今晚吃什么？

超市里的女人：

沙拉，烤甜椒，牛排，还有你。

安吉拉：

接着两人就拥吻起来。

我还见过一个母亲推着一辆婴儿车进来，里面躺着一个哇哇大哭的婴儿。他们离开时，婴儿已长成了一名高大的少年，帮着母亲把袋子搬上车。

我爱超市！超市里永远挤满了一脸笑容、一心向上的人。他们为了一顿更丰盛的晚餐而努力着，为了一份更愉悦的心情努力着，为了一种更高质量的生活努力着！人与世界在食物上的这种相逢，不可能是忧伤的。我们面对食物，如同面对着我们在大地上的丰收，庆祝着对自然的征服，吞咽吸收下生命的养分，然后更有劲儿地长！一切都充满着喜悦！

我妈警告我，再这么吃我就嫁不出去了。我很小的时候一点也不胖，像洋娃娃一样漂亮。“我们女儿长大了准能当上电影明星！”我的父母这么想，于是他们把我送去学唱歌、芭蕾、表演、钢琴……给我买了成打昂贵的衣服。直到有一天，我已经记不清了，大概是八岁吧，我开始发胖，没人明白究竟是怎么回事。一开始，我的父母想，“大概小孩子这个阶段是得先长肉，才有足够营养长高”。不过他们很快就发现我的身高并没有显著的变化。两年之后，我变得比同龄人更矮，也更胖，我的五官看上去也不一样了。夸我漂亮的人越来越少，开始我也不太在意，可是我的家人不停地在我周围唠叨："别吃了！""多动动！""不许睡懒觉！"一瞬间，所有人都有资格支使我了，"你太胖了！这糖是我的！"

我小学三年级的时候第一次来了例假。我已经被血吓了个半死，但我妈比我更加慌张："我的天！这么小就来例假了！她再也长不高了！"那个时候我还一知半解，不过一周之后我明白了。他们开始带我奔波辗转于各大医院，医生们得出结论，我的骨龄远远高于我的实际年龄，这就是我长不高的原因。因此我们必须减缓它们的衰老周期，这意味着我每周都要去医院打针。每打一针都很贵，因为是瑞士进口的。我的父母在我身上花了好多钱。这是他们对我的爱，我知道。所以我每次去打针都不哭不闹。一年之后，我的身高没有任何变化，体重反而日益增加，渐渐地我们停止了每周一次的注射。"那些医生都是骗子。"我们默默地想，不过没人把这句话说出口。从那以后，我的父母就放弃了，他们任由我想吃什么吃什么，想怎么长怎么长。有一晚，我和爸爸一起看电视，他把爆米花递给我，然后盯着我看了一会儿，突然说："你记得吗，你小的时候，我们还以为你会当上电影明星呢！"说完他笑了。我也跟着笑。

我直到二十岁还没跟男孩交往过。我有个表哥想帮我一把，于是安排了一次相亲。那个男孩和我一样胖。看到他的一瞬间我怒火中烧。不是我嫌弃胖男孩，但他们凭什么认为一个女胖子就该他妈的配一个男胖子？就因为我们一样都是胖子？就因为我们都是畸形的怪物？俩外星人应该凑一对儿？我坐下来，打量着那男孩，一点儿感觉也没有，可能真的因为他是个胖子。这么想让我心很虚。我猜他大概也在想着同样的事。他很客气，我也是，但我们再也没见第二次。几个星期后，我的一个舅舅想把我介绍给另一个男孩，他给我看了那男孩的照片——又是一个胖墩儿。我把照片还给舅舅，央求他们不要再在这桩事上费心了。

他们追问我到底喜欢什么类型的，我不敢告诉他们我喜欢贾斯汀·威尔逊，他们听到这话会笑掉大牙的吧。

在我那帮残忍的亲戚里只有一个例外，那是我最喜欢的小姨。每次有谁让我难堪，她总会帮我解围，喝退他们。在我十岁生日后，没人再给我买衣服、头饰和漂亮的小玩意了。取而代之的是书啊，无糖食品啊，或者一些实用的东西，光秃秃没有任何装饰，就跟他们送给我奶奶的礼物一样。只有这个小姨，仍然送我漂亮的小姑娘家家的东西。我穿上她送我的连衣裙，她总会说："你看起来美极了，安吉拉！"我爱她，她才是真正的美人，她有着完美无缺的脸蛋和苗条修长的身材，是一名空姐。她周游世界，想去哪儿就去哪儿！我告诉她："我真希望自己能像你一样，哪怕一点点也好啊！"但是我心底真实的想法却是："我希望你能变成我这样，哪怕一点点也好。"我真不应该有这样恶毒的想法，她待我那么好。但那的确是我真实的念头，我肯定是脑子有毛病，从小打那么多针把它毒坏了。

只有一次，超市不那么让我喜欢。

那一次我站在水果架前，一对母女在那儿买东西，那女孩长得像个洋娃娃，就和我小时候一样。她们在水果架前挑挑拣拣好久，选了三只最完美的苹果。转身正要走，那女孩摇了摇妈妈的手臂，一只苹果掉了下来，跌在地上。因为特别新鲜多汁，所以这一下子表面立刻撞出一个坑，看着就跟烂了一块似的。她们把那只苹果放回原处，重新挑了一只就走了。那只苹果就这么静静躺在那儿，我隐隐能听到它的尖叫。从那以后，它不再是一只完美的苹果了，伤口会加快它的腐烂，没有人会把它买回家，即使碰巧拿起来，看一眼，就会扔回去，最后，它的同伴们统统被买走了，又有一批新的苹果运来。它孤零零地埋在最底层的黑暗里继续腐烂，直到有一天没人能受得了它发出的恶臭。

八　登月

主持人的声音：

您早饭吃了什么？

宇航员的声音：

牛排。

主持人的声音：

哦，早饭吃牛排有点多吧。

宇航员的声音：

我以为那是晚饭时间呢，无所谓，反正我喜欢吃肉。（打嗝）不好意思。

主持人的声音：

您已经行进了多远了？

宇航员的声音：

不知道，不过从我这儿看出去，月亮比昨天要大得多了。

主持人的声音：

能向我们透露一点您此行的具体目的吗？毫无疑问，此行会对您的公司起到巨大的宣传作用。但除此之外，您还有没有其他的计划？比如把月球表面土壤的样本带回到实验室里，用来培育一些太空水果之类的新产品？

宇航员的声音：

你别说，这计划听起来不错，我回头试试。不过我此行的主要目的，真的就是我之前说过的，我就只是想亲身踏上月球，用自己的眼睛看一眼它的样子。

主持人的声音：

仅此而已？我知道您是亿万富翁，可就算是亿万富翁也不能浪漫成这样吧？就为了亲自看上那么一眼？别啊！您就不能挑个便宜点的地方去看上一眼？比如……金字塔、长城！你想拍多少张照片就拍多少张，想怎么拍就怎么拍。

宇航员的声音：

可我已经知道它们是什么样子了啊。

主持人的声音：

可是所有人也都知道月球是什么样子的啊，不管您在哪儿，每天晚上一抬头都能看见，它不就是个……黄色的球嘛。近看，再怎么看，也就是一块坑坑洼洼的大石头。

宇航员的声音：

宇航局对外公布的那些月球照片我从来就不太喜欢。

主持人的声音：

我还以为您有什么特别的话要说呢，比如……比如……“我的一小步，是人类的一大步”。

宇航员的声音：

你也这么觉得？

九　吻痕

人物：

贾斯汀

场景：

贾斯汀的家里

时间：

冬天，午夜

【贾斯汀回到家，穿着同“控制”一场里相同的服装。

贾斯汀：

我回来了！外面真够冷的！我刚遇到了一个疯子，妈呀，你不知道那场面有多窘……亲爱的？亲爱的？你在听吗？你在家吧？不好意思我又回来晚了，不过我给你带了一个小礼物，你一定会喜……欢的。

【他打开大灯，清楚地看到了房间里的情况——一片狼藉，所有东西扔了一地。

贾斯汀：

发生了什么？你没事吧？托尼！托尼！**托尼！**！你在哪儿？

【他找不到托尼，他注意到桌子正中央放着一样东西，是一本杂志。

贾斯汀：

我操！不是吧？这次又是什么！

【贾斯汀拿起杂志，看到了封面上的照片。

贾斯汀：

王八蛋！

【贾斯汀翻开杂志，找到对应“封面故事”的那一页。读了几行后就用尽全力把杂志扔到了地上。

贾斯汀：

王八蛋！王八蛋！

【贾斯汀拨电话。

贾斯汀：

宝贝，你听我说，那不是真的，绝对不是真的。这全都是瞎编出来的谎话，照片是P出来的，我从来没吻过她，压根没和她出去过！嗯，好吧，出去过一次，不过那回完全是谈公事。艾丽莎也在场啊。你知道我爱你，别闹了好吗？别和我开这种玩笑了，你现在在哪儿？听到之后给我回电话，听见了吗？给我回个电话！

【他把电话挂了，看起来很疲惫。他踢了杂志一脚。

贾斯汀：

王八蛋。

【电话响了，贾斯汀马上接起。

贾斯汀：

嘿，宝贝……哦……对不起我现在不想对此发表意见，请联系我的经纪人。谢谢，等等，你刚才说你的名字叫什么来着？

【他拾起杂志，翻到那一页。

贾斯汀：

王八蛋，就是你！是你写的！我什么时候吻过Lady

Gaga？！你这个狗娘养的，我要告你！……没有，当然不可能！她是个疯子！不不不！别把刚才说的记下来！我的意思是，她不是我喜欢的类型，我们是好朋友。她是个很棒的艺术家，记下这个："我们是好朋友。Lady Gaga是一位伟大的艺术家。"**没有！我没和她约会！！！**（努力地用镇定平静的语气）不，我不是。我不是。再说这也不关你的事，对吧？不，不关你的事。**不关你的事！！！**你知道个屁？滚你的蛋！哎哎！不许把这个记下来。嘿，嘿！

【电话挂断了。

贾斯汀：

畜生。

【他不知该做什么好，他看了一眼杂志，随手翻了起来。

贾斯汀：

畜生。

【读杂志里的某些内容让他笑出声来。

贾斯汀：

哈，她的脸竟然是假的……

得了吧，他们早就搞在一起了。

【突然他收起笑容，拨了电话。

贾斯汀：

嘿！你保证过再也不见埃里克的！你怎么解释那张照片？你和埃里克跑到个什么……（他看向杂志）埃塞俄比亚饭店共进晚

餐，这会儿你倒装出一副是**我**背叛了**你**的样子！我恨你！（停了停）回我电话！

【他把杂志扔得远远的。

【他坐了一会儿，感到有些热。他把外套和毛衣脱掉，他穿着的背心把他的两条瘦胳膊展露无遗。他的身体上布满了青一块紫一块的瘀青。

【他看着那些瘀青，轻轻地摸了摸。

贾斯汀：

蠢蛋，你给我等着，一回来就把你吻到断气。

别怕，这些只是吻痕罢了，是托尼邪恶的杰作。刚开始的时候，我看着也觉得很别扭，而且痛得要命。“这些是我给你盖的邮戳，证明你是我的了。”这就是托尼的解释。一开始他每次只“盖”一两个，然而随着我事业的上升，他吻我的时候越来越失去控制。我的脖子，手臂上，肚子，胸前，大腿和脚……甚至脸上。你找不到一寸完好无痕的皮肤。时间久了，我倒不觉得疼了，我猜大概是我的身体已经习惯了这种疼痛，就像人们习惯一副眼镜，一双高跟鞋，一支烟，或者，一枚戒指。有一次，托尼到中国去拍片一个月，我身上的吻痕终于褪干净了。那么久以来，我第一次大大方方地享受了回日光浴。但是我却感觉像是缺了点什么，没有了那些疼痛，我的身体变得很轻很轻，轻到感受不到它的存在。到最后还剩十天的时候，我疯了，我买张机票就飞中国。在二十个小时后，我经历了今生最棒的一次性爱。“没有你，我就像是一封不知该发往何处的信笺。”我对他说。那一晚，我的身体又重新遍布了吻痕。

不过这始终是件挺令人头痛的事，尤其是对一个歌手——像我这么红的歌手来说。谁愿意整天看着一个摇滚明星穿着长袖和高领呢？为了以示公平，我也开始在他的身上“盖邮戳”。我们的性爱场面就像是两只吸血鬼在互相吸血。我总算不觉得亏了。我们也逐渐变得有经验起来，研究出了一种既能亲出吻痕又不太疼的方法，而且我们每亲一个都能精确地掌控轻重，让它正好维持三天、一周或者半个月。这项技术非常实用，托尼是个演员，所以每当他得到一个角色或我要开演唱会的时候，我们就可以有规划地亲了。

人们总说同志之间的恋情长不了。但托尼和我是个例外。还真多亏了这些“邮戳”，带着这么一身跑去和其他人约会几乎是不可能的。总有一天我会淡出演艺圈，再也不是什么偶像型明星了，我就把我俩的关系公之于众。到那时，那帮小女生也一定在她们的天地里找到属于自己的那颗星了。

【停顿。

但这件事，简直是愚蠢透顶！

去他妈的狗仔队！去他妈的！我们到底要闹多少次分手的戏码？**王八蛋！**几乎每月都给我来一次！每次都搞得我真以为他要离我而去了。演员全是王八蛋！他每次都闹得跟真的似的，每次我都难受得跟世界末日一样！然后呢，他一声不吭地又回来了。

一个月之后，再一次故技重演！去死吧！我告诉你！永远别跟我提什么2012、世界末日之类的东西，全是狗屁！他们就爱一遍又一遍地吓唬你！搞预言的那帮人真是超gay！

不过说实话，每回吵架复合之后做的那一次永远是最爽的。

【他拾起杂志，盯着托尼和埃里克一起去埃塞俄比亚饭店吃饭的那一页。

【他拿起手机又开始拨号，拨完听了一会儿，没人接。他放下，又拨了另一个号码。

贾斯汀：

嗨，米歇尔，不好意思，我知道已经很晚了。就是想问问你见到托尼没有？他今天有没有打电话给你？你知道他现在可能和谁在一起吗？不不，没什么事。要是他联系你了，你能不能第一时间打电话告诉我？谢谢！

【他挂了电话，十分伤心沮丧，但手足无措。

【他拨了另一个号码。

贾斯汀：

嗨……埃里克，不好意思这么晚打给你。我只是在想……托尼是不是在你那里？好吧，对不起，对不起行了吧，再见。等等！嗯……有件事我想了解一下……托尼上周是不是和你一起吃过晚饭？……我必须知道！当然我有权知道！你，你竟敢这么说！……嘿！嘿！

【电话挂了。

贾斯汀：

王八蛋！我就知道是真的！

十 登月

宇航员的声音：

要是月球上还有别的什么东西呢？

主持人的声音：

比如什么？水吗？

宇航员的声音：

比如，一个女人。

主持人的声音：

（停顿）我的天。

十一 吻痕

人物：

贾斯汀

场景：

同第九场

贾斯汀：

去年我去日本做新专辑的宣传，签售会之后，我们去了一家酒吧。酒吧的中央放着一架黑色的雅马哈三角钢琴，你永远想象不到它的样子，它的琴板上布满了上百个密密麻麻的小洞。“这是二战的遗物吗？”我问经理，我以为那些洞眼是弹坑。话音刚落，灯光暗下，一束追光打在钢琴上，一个衣着性感的妙龄女郎走上来，两个保镖托她站上钢琴的顶板，酒吧里的顾客开始激动地鼓掌，还有人吹起口哨。琴师开始弹奏，这个穿着十几厘米高跟鞋的女孩跳起舞来。她的鞋跟像钉子一样锋利。突然我明白那些小洞是哪儿来的了，每次女孩轻轻一跺，一个新的小洞就出现了，而观众就像喝醉了一样鼓掌尖叫。有时她会躺下，在她细嫩的皮肤和伤痕累累的钢琴接触的瞬间，我几乎能够听到灼烧的声音。“嗞嗞”，她抛了一个媚眼。“嗞嗞”，她转身过去。“嗞嗞”，她嘴角轻笑。“砰！”她一脚践踏下去。她就像一个杀手那样酷，而那架钢琴，是我一生中见过的最悲伤却最性感的东西。日本人都是疯子。

我去洗个澡。

【他把自己的背心脱下，看着自己的肚子和胸前。上面布满了密密麻麻的吻痕。他轻轻地碰了碰它们，走进了浴室。

十二　水果行

人物：

梅——吉米的妻子，中年女人，亚裔。

场景：

吉米水果行

时间：

夏夜

【这是亚洲某个热带城市的一个水果行，店门外也放着一排水果架。架子上悬挂着一个昏暗的黄色灯泡。梅坐在架子旁边，她穿着一件家常的汗衫、中裤和拖鞋，摇着蒲扇。她有点累了。夜晚时分仍然很热，但四周宁静下来。几只蛾子一次又一次地往灯泡上撞击着。

梅：

甜甜的大西瓜——甜甜的大西瓜——大大的西瓜……甜——

【她打了个哈欠。

【她懒懒地用扇子扇走水果架上的苍蝇。

梅：

这座城市离不开水果。有些城市离不开肉，有些城市离不开土豆，我的城市离不开水果。每天烈日把我们身体里的水分收去，再通过这些水果还给我们。（她指了指架子）我们互为滋养。

我全家人都不理解为什么我要把生命浪费在这样一个小小的水果行里，我有本科学历，虽然不是什么名牌大学，但足够让我找份白领的工作，好歹比卖水果听起来体面。

不过话又说回来，我家里人也并没有很在意这事儿，我是家里最小的孩子，有我那四个成熟懂事到令人发指的姐姐在，我的父母从来没有想过要指望我。我是被所有人宠大的。每当过年，爷爷总是给我最大的红包，而且他从来不藏着掖着。他当着所有人的面把压岁钱塞给我，说："她是最小的嘛！"是啊，听起来简直是天经地义。时间长了，"小"好像成了我身份的一部分。直到有一天，兰向爷爷埋怨："在梅出生之前，你总是给我最多压岁钱的！"说实话，我听到这句话的时候惊讶极了，虽然这理所当然。接着芳也开始发牢骚："你们两个人出生之前，我才是最小的！"接着思告诉她："你把我那份压岁钱拿走的时候我还没跟你计较呢！""都给我闭嘴！"璐大喊一声，"你们这些人都不知道爷爷当年有多疼我！我那时候是家里第一个也是唯一一个小孩！"爷爷大笑着安慰我们这帮哭哭啼啼的小丫头——保证明年过年的时候大家的压岁钱都一样多。

他再也没能实现这个承诺。在离第二年新年还有两个星期的时候，爷爷走了。所以……我们谁也拿不到一分压岁钱……我们真是一群小王八蛋。

我很庆幸妈妈没有再生第六个女儿，所以即便没压岁钱拿，我仍然保留了家里最小的孩子的所有特权。但是从那之后，我开始懂得了一件事：每个人生来都是最小的，也是最老的。听起来怪别扭的……不过你明白我的意思。

【停顿。

【大概是有人从水果行前经过。

甜甜的大木瓜——甜甜的大木瓜——甜甜的大木瓜——

希望今晚能多卖点儿，不然明天我们只好再降价两成，我们已经把价格压低到七折了。我在大学二年级的时候遇到了吉米。

当时学校宿舍是对外开放的，没有门卫，门上也没有什么电子锁。有一天晚上我出门去，下楼时一个男人与我匆匆擦肩而过。那一刻，我感觉到屁股似乎被摸了一下。我愣在原地三秒，试图弄明白刚才发生了什么。突然间我想起有几个女孩说起过相同的遭遇。在黑暗中我把他叫住，质问他在女生的宿舍楼里干什么。我听到自己的声音惊讶极了，我从未如此强硬过。他拔腿就逃，我下意识地追上去。可穿着一双大拖鞋我怎么也跑不快。于是我放声喊："抓住他！抓住那个人！"一瞬间，十几个男孩分别从周围几栋宿舍楼中像箭一样蹿出来。他们边追，边和我一起喊："抓住他！抓住那个人！"接着越来越多的人从四面八方赶来，队伍不断扩充，所有人大喊着："抓住他！抓住那个人！"很快校园里形成了一幕颇为壮观的景象。

【重重叠叠的脚步声，就像是很多人从舞台上跑过。

成千个学生在一个男人身后愤怒地奔跑着，而且队伍不断扩充。最后他们在离校门几步远的地方把他逮住了。当我趿拉着大拖鞋迟迟赶到的时候，那人已经被打出了鼻血，却高喊着：“我是无辜的！我是教授！我要告你们！我是个教授！”

这时人群中的几个女生认出了他。一个女生指着他大叫：“上个星期我在走廊里换灯泡的时候，就是他蹲在地上往我的裙子里看！”另一个女生尖叫起来：“他摸过我屁股！我还以为他是不小心的！”“哦……原来不是小偷啊……”一个男孩带着些许失望说。其他人也有几分扫兴，不过很快地群众又重拾了愤怒。

借着路灯，我第一次看清楚了这个男人的样子，他是那么矮，又老又丑，身上脏兮兮，散发出一股浊气，就像是一只烂到心子里的苹果。想起他碰过我，我简直要吐了。接着，我做了一件事，这些年来这个画面一直在我的脑海中重播，怎样都无法抹去。“你也配！”我大吼一声，接着……扇了他一记耳光。他们紧紧按住他，他的头根本动不了，所以我照着他的脸狠狠地扇了两下。当我收回自己的手时，我发现手指沾上了他的鼻血。我盯着那血迹，手足无措。如果你见到他的样子，你也会以为从他身体里流出来的血应该是黏稠发黑的，但令我意外的是，那是温热的鲜红液体，就和我们所有人流的血一样。他耷拉着脑袋站在那儿，像一个受伤的困兽。义愤正直的学生们围在四周，对他破口大骂。“你也配！”——我骄傲得就像个公主，可那抹血迹把我判为了罪人。

后来保安来把他带走，并驱散了人群。但我仍然站在那儿，盯着指尖的鲜血发呆。我感受到它的余温，这令我莫名恐惧。这时，有个男生从旁边递来一块手帕。我接过来一遍遍地擦着我的手指，过了很久，终于抬起头来。

那男生就是吉米，四周之后，他成了我的男朋友。

当那个男人声称自己是教授时，所有人都认为他在撒谎。第二天，校保安找到我，请我不要就这件事情多谈，因为他真的是学校里的教授。不过我猜那之后，他就不再是了。我再也没在学校里见过他。

我禁不住想象，他在课堂上是个什么样子？他是如何对待他的女学生的？他的妻子知道这些事吗？说实话，我不觉得他有老婆，我也不相信他是够胆去找小姐的人，他所有的满足都寄托在一次次偷偷摸摸的碰触中，简直是可悲。而现在，他连工作都丢了。

有时候我会忍不住问自己……“有必要吗？”我的意思是，当然这叫作“性骚扰”，他是犯罪分子，我和那些女生是受害者，没错，可事实的另一面是——我们比他要强大得多，我们年轻，美丽，骄傲，充满希望。这些难道不是世界上最强大的东西吗？如果我们愿意，那些男孩子完全可以在那晚要了他的命。而他拥有什么呢？他的人生像一块拧干的抹布，而我依然扇了他耳光。我为之感到羞耻，我永远都不该那样仗着自己的青春耀武扬威。

毕业之后，我和吉米就结婚了。我本应成为一个秘书，但我却告诉吉米我想要开一家水果行。我再也不想同人打交道了，无论是快乐的还是悲伤的，邪恶的还是充满着正义感的。我喜欢水果，因为它们简单而新鲜。吉米没有问为什么就默默地支持了我，就像那晚他默默地递给我手帕一样。

现在水果行已经开了十五年了，这个城市爱水果，所以收入还不坏。不过有一件事情我没有预料到，就是水果坏掉的速度之快，每天我们都要吃掉或扔掉大量水果，不然它们就会腐烂。而且一旦其中的一个坏掉了，篮子里其他的水果也会像受到传染一样加速腐烂。最后，整个店里都会充斥着一股甜腻腻、黏糊糊的气味，让我想起那个老男人。所以我们只能加快动作——卖掉、吃掉或扔掉！进一批新的，接着再卖掉、吃掉或扔掉！日复一日地循环往复。生活并不容易。没有人会再给我压岁钱了。

我仍然觉得我不应该扇那两记耳光。

【一只苍蝇叮在一只苹果上，她用扇子去打它。苹果掉在了地上，她把它捡起来，她正要把它放回到架子上，但稍稍犹豫了一下，她用衣服擦了擦它，咬了一口。

甜甜的大苹果——甜甜的大苹果——甜甜的大苹果——

十三　登月

宇航员的声音：

在我很小的时候，我的父亲给我讲过一个故事。很久很久以前，有一个美丽的仙子，她和她的丈夫一起在玉皇大帝的天宫里任职，只有永生的神仙、仙女和品德高尚的人才能在天宫生活。有一天，他们冒犯了玉帝，作为惩罚，他们被打入凡间，成为两个会生老病死的普通人。不过最终，丈夫历经千辛万苦求得了一颗仙丹，如果他们各服一半，就都能长生不老地生活在凡间了。不过那个仙子实在是太想回到天上去了，所以她偷走了仙丹，一个人吞掉了。

主持人的声音：

真是没良心。

宇航员的声音：

然后她飘了起来，她的身体不可阻止地变得越来越轻，越来越轻，最后，她停在了一个前不着村后不着店的不毛之地上——月亮。

主持人的声音：

活该。

宇航员的声音：

别这样说她。

主持人的声音：

这故事是您的父亲给您讲的？

宇航员的声音：

是啊，我从小学开始就是近视眼，每个人都嘲笑我厚厚的眼镜片。有一天，父亲让我和他一起把眼镜摘下来，望向月亮。接着他就给我讲了那个故事。他说："那些人不知道他们错过了什么。"在足足盯着那团黄色的光二十分钟之后，我真的看到了月宫仙子的身影。

主持人的声音：

所以您认为会在月球上遇到她。

宇航员的声音：

她已经孤独地待在那儿四千多年了。

主持人的声音：

那您对各国宇航局这么多年来发的科学报告怎么看？

宇航员的声音：

那些人不知道他们错过了什么。

十四　吻痕

人物：

贾斯汀

【在贾斯汀的演唱会上。他穿着演出的服装，弹着吉他唱着梅兰妮·萨芙卡（Melanie Safka）的《我真的爱哈罗德》（*I Really Loved Harold*）。他把这首老歌翻唱成了流行摇滚版，一边唱一边耍帅。歌迷尖叫鼓掌。

贾斯汀:

（唱）

They told me when I was little
I'd go to heaven, if I was good.
Now I'm a long way from little
'Cause I tried to find heaven, 'cause I thought that I could
I thought that I could.

And I thought I loved Harold and I really loved John,
I really loved Alphy and I almost loved Tom.
I loved them so easy and I loved them so free,
So I don't think that heaven will wanna love me.

Hallo, song of the willow,
The dreams under my pillow turned to tears that I cried.
Beauty and love are our riddle,
Never to answer but always to try,
And boy, did I try?

I tried with Harold and I tried with John,

I tried with Alphy and almost with Tom.

I left myself open for the whole world to see,

Now the world is the heaven that won't accept me.

I said goodbye to Harold and goodbye to John,

Goodbye to Alphy and goodbye to Tom

'Cause I loved them so easy and I loved them so free,

So I don't think that heaven will wanna love me.

Oh say, can you see, by the dawn's early light

No light will shine me?

【小时候他们对我说，

做个乖孩子，就能上天堂。

如今我早已长大，

我遍寻天堂的足迹，我觉得我可以，

可以找到它在哪里。

我想我爱哈罗德，我也爱约翰，

我真的爱阿尔菲，差一点爱上汤姆。

爱上是那么容易，拥抱是那么轻易，
所以我想，天堂不会再爱我。

杨柳之歌，如泣如诉，
枕下的梦想化成了我流下的泪，
美丽和爱情是永远的谜，
没有谜底却不能放弃，
亲爱的，我真的尽了全力。

我和哈罗德在一起，我和约翰在一起，
我和阿尔菲在一起，差点和汤姆在一起。
我把自己向整个世界敞开，
世界却把天堂的门关闭，永不容我进来。

我同哈罗德分手，同约翰说再见，
再也不见阿尔菲，也不再见汤姆。
离去是那么容易，忘记是那么轻易，
所以我想，天堂不会再爱我。

看啊，黎明将近。你指着曙光对我说，
这光永不会照在我身上。

十五　登月

人物：

安吉拉

男人

贾斯汀

主持人的声音

宇航员的声音

主持人的声音：

您还在等吗？

【没有回答。

【安吉拉和穿着西装的男人一同进了电梯。

【贾斯汀拿着一沓娱乐杂志进了房间，地上已经摊了许许多多娱乐杂志。他仍然没穿衬衣，身上的吻痕已褪去了一半。他坐在地板上一本一本地读起杂志来，时不时地看看手机，好像在等人的电话。

主持人的声音：

您还在等吗？

【电梯里的数字从30降到1，安吉拉和男人面对面无言地站着，气氛尴尬。

主持人的声音：

您睡着了吗？现在您那里是什么时间了？

宇航员的声音：

我刚才在厕所。

主持人的声音：

不好意思，您现在已经走了多远了？

宇航员的声音：

不知道，现在是新月，我什么也看不见，但可以肯定的是我已经非常接近了。还得再等等，我总不能登陆在月牙尖上。

主持人的声音：

别着急，很快就会长回来的。那么，等找到了那位月宫仙子之后您有什么打算呢？

宇航员的声音：

呃，这是个好问题。我打算……我还没想到这些细节。

主持人的声音：

那您会对她说些什么？

宇航员的声音：

嗯……呃……“你好！”

主持人的声音：

还有呢？

宇航员的声音：

嗯……呃……你真是把我问住了！

【安吉拉和男人出了电梯，他们对换了一下站的位置又进了电梯。数字从 1 变到 30，安吉拉和男人面对面无言地站着，气氛尴尬。

【贾斯汀离场，然后抱着新的一沓杂志回来，他身上的吻痕已经褪得只剩零星几个。他读着杂志，不停地看手机。

主持人的声音：

您跑了万千公里去见一个人，连个开场白都不准备？

宇航员的声音：

我可能会问她愿不愿意和我一起回来，她一个人在那儿已经待了四千多年。

主持人的声音：

可她压根不想回到地球啊，就因为这个她当初才被困在了月亮上。您不记得了？

宇航员的声音：

是啊……（停顿，然后悲伤地）可我不知道如何把她送回天堂。

主持人的声音：

反正小心别让她偷了您的宇宙飞船，她可是有前科的。

宇航员的声音：

她只是太想念天堂了。

主持人的声音：

嗬，谁不是呢！

【安吉拉和男人出了电梯。男人走到他的公寓里，打开台灯。安吉拉走到她的公寓里，从房间的窗户里远远望着那团灯光。

主持人的声音：

如果您出了什么意外……我会想您的，您这一程听起来太冒险了。

宇航员的声音：

我多希望你能看到我眼前的这一切，宇宙原来是那么壮观，美得令人窒息！

主持人的声音：

我也很希望。

【贾斯汀离场，回来的时候抱来更多的娱乐杂志。所有的吻痕已经全部褪去。地板上堆满了厚厚的娱乐杂志，几乎要把他埋起来了。

【安吉拉打开食物柜，在柜子门里贴着一张真人大小的贾斯汀的海报。海报上的贾斯汀没穿上衣，露着一身的肌肉，摆着性感自信的造型。他在海报上看起来是那么强壮，很显然，图片是经过PS的。

【安吉拉找了一会儿，拿出一罐布丁。她打开罐头，边吃边端详着海报。

安吉拉：

（盛了一勺子布丁问海报上的贾斯汀）来一口吧？很好吃哦……好吧。（她开始吃起来）瞧你。（她摸了摸贾斯汀的肌肉，羞涩地傻笑）

【与此同时，贾斯汀从一本杂志中抽出一张折起来的海报，他打开它。

贾斯汀：

他妈的什么玩意？

【这是他自己的一幅海报，和安吉拉柜子里的那幅一模一样。

【他盯着它看了起来，太大了简直抓不住。他把它贴到墙上仔细看，然后又看看他自己。他比海报上的形象明显瘦弱多了，而且还小一码。他捏了捏自己松松垮垮的胳膊和肚子，又摸了摸海报上“自己”的胳膊和六块腹肌。他揉了揉自己的屁股，就好像那儿有块瘀青似的，接着盯着海报上那人的完美臀部。

贾斯汀：

（对海报上的贾斯汀说）去你妈的。

【安吉拉站在海报旁边，看向镜子里。她把自己的头轻靠在“贾斯汀”的肩膀上，向镜子里的自己微笑。

【贾斯汀依照着海报上的样子摆着性感的造型，拗出耍帅的表情，努力鼓起肌肉。

贾斯汀：

嗨，宝贝儿！

【但他仍然不能和海报上的自己媲美，他甚至比海报上的人要矮一个头。

【安吉拉伸开双臂紧贴住海报，就像在拥抱他一样。

【贾斯汀伸开双臂紧贴住海报，就像是要跟海报合二为一似的。

【过了一会儿，他去拿了一支笔，微笑着在海报上签下自己的名字，就像是在举行签名会。接着他又签了一个……一个又一个……他不能控制自己，着魔似的越签越快，越签越用力。

【安吉拉在找什么东西。她在她的包里、衣服口袋里、抽屉里和地上找着，最终，她找到了——那晚贾斯汀给她的纸条。那上面写了贾斯汀的电话号码。

【贾斯汀房间里的海报已经被他的签名盖满。他筋疲力尽地瘫在地上，大口喘气。他看了看手机，仍然没有人打电话给他。

【安吉拉深吸了一口气，拨通了电话。

【拨号的声音。通了，传出专业语音服务系统的声音："欢迎您拨打华纳时代有线电视服务！英文服务请按1，Para espanol oprima dos……"（接着是日文/中文/韩文版本）

【安吉拉呆住了，她心碎地挂了电话。

【贾斯汀放下电话，他太累了，沉沉睡去。他房间里的灯灭。

【安吉拉颤抖着在食物柜里寻找更多的吃的，但柜子空了。她冲出门去买，和男人又同时跨入了电梯。男人穿着西装，手拿一杯咖啡。电梯数字开始变化。

【又是尴尬的沉默，当电梯降到5楼的时候，安吉拉再也受不了了。突然，她深吸一口气，开口说话。男人在喝咖啡。

安吉拉：

嗨，我看过你打手枪，打得漂亮，令人难忘！很高兴能认识你。

【男人一惊，被一口咖啡呛到，剧烈地咳嗽……然后昏倒在地。

安吉拉：

嘿！嘿！你还好吗？你怎么了？我的天！我不是想要害死你啊！嘿！**天哪**！**天哪**！ 911！ 911！救命啊！

【她疯狂地按着电梯里的按钮。

【灯暗。

十六　眼镜

人物：

吉米

梅

女孩1、2

男孩1

场景：

吉米水果行

时间：

夜晚

【吉米进门，他是一个体格健壮的大个子亚洲男人，四十多岁，戴着一副眼镜。

梅：

开完了？老师都说什么了？

吉米：

老师们都很喜欢他，英语老师说他是个聪明孩子，不过有时候不够用功。上个礼拜的小测验里他拼错了好几个单词。

梅：

这样啊，我们要多盯盯他的作业。

吉米：

李老师说他不肯吃蔬菜，我倒觉得这没什么，男孩都爱吃肉。

梅：

蔬菜很重要，不然大便不好。（停顿）不过他喜欢吃水果，所以应该没什么大碍。

吉米：

他睡觉了没？今天卖得怎么样？

【梅把水果架指给他看，把账本给他。

吉米：

嗯，够啦！

梅：

还不够。

吉米：

够多了，你在这儿忙了一个晚上了。我们收摊吧。

【梅站起身，开始把水果架移到店里，吉米把架子接过来。

吉米：

我来，你去睡觉。（停顿，想起什么事情）哦，明天要给他配一副度数更深的眼镜，老师说他看黑板的时候眼睛老是眯成一条线。

梅：

又要配新眼镜了？去年才买了这副。呵，我倒想问问是哪个人把近视遗传给了我儿子。

吉米：

他就是游戏打太多了。

【梅离开了。

吉米：

（得意地微笑）当然是他爹传给他的，不过他还是个帅气的小男孩，个子高高，体格壮壮，有双漂亮的大眼睛，人人都喜欢他。

我像他那么大的时候，和他一模一样，女孩子都迷死我了。不过我比其他的孩子动作稍微慢一点，反应也有点迟钝。我的父母以为我是弱智，就带我去医院检查脑子什么的。最后发现真正的原因在我的眼睛，我近视。所以我在七岁的时候戴上了人生中的第一副眼镜，戴上它的一刹那，才发现原来世间万物的轮廓是如此清晰，当时我就震惊了。我向窗外望去，看到了天空中的一轮明月。哎哟我的老天！我第一次知道原来它是一个圆球体，我一直以为那是个散发出一束束黄色射线的、毛茸茸的玩意呢。当我能够清楚地看东西的时候，我的听力也更好了！所以我高高兴兴地成了一名小四眼。

眼镜的麻烦是我在上中学时渐渐意识到的，因为我开始和女生约会了。我卡在一个技术性难题上——我不知道该如何既不摘眼镜又造型很酷地亲一个女孩。我不知道其他人是怎么解决这个问题的，难道他们会说："等等！让我把眼镜拿下来。"然后才亲吗？对女孩来说，这一定太书呆子了。难道其他人发现了一个特殊的角度，能够戴着眼镜接吻？

有一次我和一个女孩约会了足有一个月，都没有接过吻。

【一个年轻女孩和一个年轻男孩出现在台上，他们都戴着眼镜。他们手牵手，在月光下散步。

女孩 1：

多美的月亮！

男孩 1：

多静的夜！

【接着，女孩闭上眼睛微微抬起头，男孩望着她，正要吻，但是碍于眼镜，显得很笨拙。男孩调整着他的脑袋试图找到一个合适的角度，不行。他摘下自己的眼镜，但是女孩的眼镜仍然是个障碍……最终

男孩 1：

现在几点了，宿舍是不是该关门啦？

吉米：

然后，就没有然后了。我知道这听起来很荒唐，我根本就不是个害羞的人！我又高又壮，算得上是个硬汉，但接吻这码事……我真是被难住了。这比你想象中的要难得多。哦，我试过隐形眼镜，但我这么个大老爷们，成天伺候摆弄那两片小东西简直是种折磨。

眼镜阻碍了我的正常交往，取而代之的，我看了好多 A 片，看那些东西无须把眼镜摘下来。恰恰相反，眼镜极为必要。

我高中毕业时，想也没想就报考了军校。我一直想当一名飞行员，结果却处处碰壁，因为视力不够格。我想他们是对的，想想看，有哪个人在近视眼镜外面再戴副飞行员眼镜的？你怎么能在敌军来袭的时候还要花十分钟到处找眼镜呢？而且只要轻轻一拳，任何人都能把眼镜砸个粉碎。我的眼前将再次蒙起大雾，我会被打回原形，变回曾经那个迟钝的孩子。

后来我上了一所普通大学的计算机系。我还是安安分分走最适合自己的那条路吧。只是在有些夜晚，从实验室回来，我会摘下沉沉的眼镜站在窗前望向月亮，它又变成了一团黄色的毛茸茸的东西。我望着它想——或许那**就是**月亮的形状，其他人看到的其实都是幻觉，只有近视的人看到的才是月亮的真实形状，或许整个世界**就是**模糊的，眼镜只是一群人为了控制另一群人而编出的一个弥天大谎。

有一晚，我正像往常一样站在窗户前眺望那团毛茸茸，我突然听到一个女孩在外面尖叫："抓住他！抓住那个人！"有人影从我的窗前跑过，一瞬间，我不假思索地冲出宿舍。我不记得我把眼镜放到哪儿去了，但我不在乎。我向那声音传来的方向全速冲去。

【重重叠叠的脚步声，就像有很多人在舞台上跑过。

同时我能分辨出越来越多的人在加入追逐的队伍，因为我听到身后的脚步声越来越密。但我是跑在最前头的！终于，我们逮住了那个男人！可是在场的人实在是太多了，我搞不清谁才是那个男人。他们看起来全都一样，愤怒而激动，每个人都在大喊大叫。我也没法从人群里挤出去，因为**我没戴眼镜**！过了很久，人群终于散开，最后只剩一个女孩，我根据她头发的长度猜那是个女孩。隐隐约约，我好像听到她的哭声，于是我把自己的手帕递给了她。我也搞不清她为什么不擦眼泪而拿它擦手指，随便怎么样吧，我一心就想着赶快回去，马上找到我的眼镜，离开了它我什么事都无法确定，任何东西都能伤害到我。

在我走之前，她突然开口对我说："嗨，我叫梅。"

我用一周时间黑进了学校的电脑系统，调出了所有住校女生的名单，最后找到了她。我到她的教室门口等她下课。她一出来就认出了我。她似乎很高兴能再见到我，我更高兴，因为她比我不戴眼镜时候看到的还漂亮。

约会了几次之后，她答应做我的女朋友，很快那个挑战又到来了——接吻。

【年轻的戴眼镜男孩和另一个年轻的不戴眼镜的女孩来到舞台上，他们手牵手在月光下散步。

女孩 2：

多美的月亮！

男孩 1：

多静的夜！

【接着，女孩闭上了眼微微仰起头，男孩仍然不知道应该拿他的眼镜怎么办，手足无措。女孩等了半天，睁开眼睛。她温柔地拿下男孩的眼镜，主动凑上去吻了他。

吉米：

就这么简单，纠缠了我十几年的噩梦在那一刻结束了。"一定得让这姑娘做我老婆。"我对自己说。这姑娘现在就是我老婆。

有一天，我儿子拿着他在幼儿园里画的一张画回家。我看到画的一角上有一团黄色的毛茸茸乱糟糟的东西。“这是什么呀，儿子？”我问他。他回答我说：“这是月亮。”我了个去！第二天，我们带他去配了一副眼镜。等他长大了，我会告诉他，一定要等一个能让接吻都变得自然的女孩出现。

十七　登月

主持人的声音：

您的父母对这件事怎么看？

宇航员的声音：

他们二十年前就去世了，但我想我的父亲会为我骄傲的。他一直想做飞行员，而宇航员简直就像是超级进化版的飞行员。

等一等！……天哪！我到了！我进入了绕月轨道，我现在就在绕月轨道上！

主持人的声音：

我的天！真是激动人心！（对观众说）简直难以置信！我们刚刚一起见证了这伟大的一刻！（对宇航员说）您接下来要做什么？

宇航员的声音：

我会绕月环行减速以便软着陆。否则硬来的话，登陆的撞击会要了我的命。

主持人的声音：

太棒了！月宫仙子等着呢！（如果真有一个的话）

十八　邻居

人物：

男人

安吉拉

【“叮”，电梯数字显示1。安吉拉和男人一同进了电梯。

男人：

嘿。

安吉拉：

哦，嘿！实在对不起……

男人：

不不，没什么的。那个……谢谢你送的窗帘。

安吉拉：

你喜欢吗？

男人：

我今天早晨刚装上，看起来很……可爱，不过我很喜欢。真是不好意思让你看我……

安吉拉：

哦没事，没事的。看看也不错，还挺有意思……不管怎样，既然现在我们认识了，再看就有点那个什么了……你明白我的意思。（她扑哧笑了）所以还是把“风景”挡一下。

【男人也笑了起来。

男人：

天哪，真是太尴尬了！

安吉拉：

你别再呛住了！

男人：

你可真绝！

【他们笑得停不下来，突然。

安吉拉：

我要哭了。

【安吉拉哭了起来。

男人：

（大笑）为什么？

（停住笑）哦不，别哭！嘿，别哭。（静默。他轻轻拍着她的背）嘘……嘘嘘，好了好了，没事了……没事了……嘘，没事了……

【电梯里的光转暗。

十九　吻痕

人物：

吉米

梅

贾斯汀

【吉米和梅坐在他们的水果行门口。

【贾斯汀在他的房间里，正在为赴一场派对或去酒吧而打扮着。他已经刮过胡子，洗过澡了。正往自己身上喷香水。

【他扣好衬衫，整理发型。检查钱包里的现金。把钱包放进口袋。

梅：

多美的月亮！

吉米：

多静的夜！

【贾斯汀关掉灯，离开了公寓。

二十　我和爱

人物：

男人

男人：

昨晚我做了一个奇怪的梦，我看到一阵轻风吹开了我的窗帘，接着……一个女人出现在月光下。我立刻就认出了她，怎么可能认不出来呢？是她。

她用日本传统姿势向我缓缓鞠了一躬。

我曾经无数次梦见过她，但从来没有这次来得那么真实。“你这些日子都去哪儿了？”我问她。她向上指了指。“哪儿？”我又问，她开始说……日语。

我一个字也听不懂。

字幕在哪儿？我左右环顾，然后突然意识到，我不是在看另一部A片，而是真的她就站在我面前。我费尽全力想弄明白她在讲什么，但一切都是徒劳。很好笑吧？我努力了大半辈子只为了接近她，却完全忽略了她的语言。我压根没想过要学日语。因为我已经对她“说”了二十年的话，看到了她生活最私密的部分。我以为我们已经亲密无间了。我到底有多疯狂啊！

她说啊说，那是我第一次听到她说话，而不是仅仅在片子里重复着的那几个词。她的声音是如此令人舒缓，我想告诉她我有多爱她，有多想念她，但我唯一会说的日语只有两句，“不要！”和“真舒服啊！”。两句都是我看A片学的！这简直是个悲剧！

这时她说完了，静静地望着我。我知道我该说些什么了。可怎么说呢？她耐心地等我开口。啊！我真想把自己一枪毙了！终于，在一阵长长的寂静后，她失望了。她向我再次鞠了一躬，慢慢转身……我真害怕她会就那样从此消失。“呀咩爹！”我大喊出这句日语。她回过头，满脸的惊讶。我知道我听起来一定特别奇怪，但我顾不上了。“不要！不要！不要！”我用日语一遍又一遍地重复，做着笨拙的手势。她微笑了。

她沐浴着月光走向我，把我的头放在她的臂弯里。“嘘……嘘。”她说着，轻柔地拍着我的背……这完全背离了我那么多年来的预设，我一直想象应该由我来拯救她、抚慰她。但那一刻我的眼皮好沉。在她的怀抱里，我感觉自己变成了一个哭了很久、终于疲惫的孩子。“真舒服啊。”我对她说，她笑了，我沉入了梦乡。

第二天早晨我醒来，窗帘在微风里飘动。我相信她昨晚真的来过。

二十一　登月

【越来越大的机器轰鸣声，势不可挡。

【一声着陆的巨响。

【寂静。

宇航员的声音：

嘿。

我刚刚在月球上登陆了。

我一生中从未见过这么多的伤口，而我刚才又给它添了一个。我抚摸着它们，仿佛那样能使它们愈合。如果你意识到每一个陨坑都来自一次撞击，那每当你抬头看向苍穹，都会感受到疼痛。或许在这些伤痕出现之前，很久之前，这儿真的是天堂。

我没有在月亮上见到仙子，不过我的视力不太好，谁知道我错过了什么。不管怎样，等她看到我的宇宙飞船留下的这个坑洞，她会知道我曾经拜访过，她不是孤独的。那我这一趟也没白来。

此刻我在这里望着你们，多希望能和你们一起分享这景象——如此美丽的蓝色星球。我已经开始想念它了。我在这里望着你们每一个人，我的视力不怎么好，但我**知道**你们就在那儿。我在向你们招手呢，嘿！你们看到了吗？我在向你们招手，看到了吗？

【舞台上，安吉拉、男人、贾斯汀、梅、吉米和其他所有演员正在做着他们日常的琐事，比如读书，在酒吧喝酒，卖水果，约会……但不知为何，他们却不约而同有了一种奇怪的感应。他们同时抬起了头，侧耳聆听，仿佛有人在呼唤他们。

【暗场。

【剧终】

2010 年 12 月 31 日，英文初稿　于纽约
2011 年 3 月 30 日，英文终稿　于纽约
2011 年 11 月 22 日，刘天涯 * 中文翻译和校对
2015 年 3 月 8 日，朱宜再次校对中文版　于纽约
2021 年 4 月 21 日，中文修改　于北京

* 刘天涯：生于江苏徐州，2012 年定居台湾，南京大学戏剧影视艺术系毕业，台北艺术大学剧场艺术研究所毕业，主修剧本创作。台湾盗火剧团团长、制作人、驻团剧作家、独立剧评人。所作舞台剧曾于中国、加拿大、日本、马来西亚等地演出逾百场。创作亦涵括小说、散文、绘本故事等，并拥有丰富的海内外剧场制作经验。

首演信息

本剧于2011年4月20日至24日在纽约3LD艺术科技中心首演。导演：Henning Hegland。舞美和服装设计：Henning Hegland、Marte Ekhougen。影像设计：Tenzin Phuntsog。音效设计：Jay Spriggs。舞台监督：Pisa Waikwamdee。演员名单如下：

男人	Andrew Eisenman
安吉拉	Victoria Tucci
贾斯汀·威尔逊	Austin Mitchell
梅	Yoko Hyun
吉米	Ariel Estrada
主持人	Amanda Broomell
宇航员	Chuck McMahon

特洛马克

——“爸爸去哪儿了？”

第一场

人物：

特洛马克——男，二十岁，伊塔卡王子。

众求婚者——男，从十八岁到六十岁。

佩内洛普——女，四十岁，伊塔卡王后，特洛马克的母亲。

尤里克莱亚——女，特洛马克的奶妈，六十岁。

场景：

伊塔卡宫殿（奥德修斯家）的客厅

【特洛马克独自一人在客厅看电视。

【电视/广播新闻：

……十年前的3月8日，载有五十名士兵的希腊战舰GK370，在从特洛伊返回伊塔卡途中，与海洋交通管理局失去联络。二十五个国家参与了搜救行动，不幸的是，侦查没有任何发现。今天是希腊战舰GK370失联十周年纪念日。为此，市政厅举办了特殊纪念活动。

与此同时，一些政府官员十年来首度打破沉默，披露了新的相关时间线索。线索表明，失踪的GK370驾驶室传出的最后一条语音消息，很可能是在通信系统瘫痪之前发出的。这一线索增加了事件责任认定的不确定性。GK370是否曾被恐怖分子所劫持?

位于色雷斯南岸的反斯巴达武装联盟一向主张驱逐驻特洛伊的希腊维和部队。但联盟发言人安缇芬特表示该组织不对GK370失踪事件负责。

反特洛伊新政府的独立武装“特洛伊民兵组织”的一名指挥官称,当地民兵组织的残余力量对于这种级别的行动只能是有心无力。

“要真能劫持一艘这样的战舰倒好了!”该指挥官从法外之地色雷斯通过电话告诉CNN记者……

【特洛马克转台。大屏幕上播放本田奥德赛汽车的电视广告,广告里,三口之家乘着车去郊外旅行,配着一首温情的歌,歌词关于陪爱人去远方,乘风在星辰和云朵间翱翔。广告旁白:“一家人在一辆轿车里待五个小时能舒服吗?这可取决于是什么车。全新奥德赛——生活最佳之选。”

【众求婚者三三两两走进大厅,拿着香烟、啤酒和爆米花。

求婚者1:

儿哑!今儿怎么没来参加纪念仪式?可想死你了。

求婚者2:

哟,车不错。

求婚者3:

名字也有点意思。

求婚者 4:

适合有家的男人。瞧这一家子。

求婚者 1:

才四万二。(对特洛马克)怎么样，儿呃？来一辆？多美啊！开去海滩——你，我，还有你妈，提着个野餐篮！喜欢吗？前座还带电视屏幕呢。

求婚者 2:

(带着爱意轻拍特洛马克的肩膀)这车让我想安定下来了。

求婚者 3:

多招人疼的孩子，他需要一个父亲。

求婚者 4:

我饿啦！

【众求婚者在餐桌前落座。

求婚者 1:

(扯下烤鸡的一根鸡腿，就着手吃了起来)童子鸡是我的最爱。什么都不用加，就那么好吃。真是鲜嫩，多汁……(呻吟)唔……唔！喷涌着浸没你的味蕾。童子鸡不像那些四处乱搞了一辈子的老公鸡。它们的血里都是愤怒，肉里满是疲倦。咬一口，那肉能塞你一嘴的牙。而这些小家伙！唔……刚刚还在后院开心地扑着翅膀，梦想自己能飞呢。梦还来不及破灭，它们就给腌上了。真是一件美事。把盐递给我，儿呃。

【特洛马克不情愿地拿起盐罐，递给求婚者 1。

求婚者 2：

（喊道）尤里克莱亚！好尤里克莱亚！给我们拿些酒吧！

【尤里克莱亚携两瓶酒上。

求婚者 3：

特洛马克，跟我们一起喝几口吧！哦对了，你不能喝。未成年人喝酒是违法的。你妈妈该生我气了。

【他们喝完了酒，把瓶子随手一甩。酒瓶在地板上摔碎的声音。

【这时，佩内洛普出现在门口。所有的求婚者不约而同地起立，凝视着她。佩内洛普如女王般地慢动作入场。所有人屏住呼吸。

【当她前行，他们的身体下意识地微微前倾。当她转身，他们的脑袋和她一起转。当她踩空一步差点绊倒，所有人都一下子倒下然后缓缓起身。——如同一场舞蹈。此处建议编舞。

佩内洛普：

晚上好，先生们。可否打扰各位片刻？

【完全不打扰。所有人本来就在聚精会神地看她。

佩内洛普：

我的女仆怕是又搞错了。我们能不能重新点一遍？请从左到右开始报数。

众求婚者（一个接一个报数）：

一。二。三。四。五。六……五十。五十一……七十八。

七十九……一百零一。一百零二……一百四十。

佩内洛普:

所有人都报过了?嗯。我懂了。这个月又走了十个人。(停顿)不过没关系。留下来的各位,请给自己一阵热烈的掌声!就在这一刻,你们晋级到了总决赛!

【求婚者们庆祝。

【佩内洛普走之前,注意到了特洛马克。

佩内洛普:

特洛马克,快去刷牙。该睡觉了。

【特洛马克慢慢站起来。

特洛马克:

不。

佩内洛普:

我不是在问你的意见。我是在命令你。乖!

【特洛马克默默地站着。

佩内洛普:

你今天是怎么了?

【特洛马克没有动。佩内洛普抽泣。

求婚者 1:

看你把妈妈气得!

求婚者 2:

还不快给你妈道歉。

求婚者3：

别哭了亲爱的。

求婚者4：

去睡觉！要不明天没有电视看！

求婚者1：

亲爱的，你哭得我心都碎了。

求婚者2：

这孩子就是缺个爸爸来管教。

特洛马克：

我说过了。我不。

佩内洛普：

别闹了。我数到三：一……二……（不安）算了，下不为例……

特洛马克：

（对求婚者们）你们记住。你们不是我父亲。你们没有一个配当我父亲。我的父亲是雄鹰而你们不过是几只家禽。我的父亲翱翔苍天，扬帆远航，征战沙场，而你们的理想就是开辆日本车去海滩。他正在回家的路上。世界上没有任何事情能阻挡一个父亲找回他的儿子。他会把你们的胳膊扯下来，就像撕一只童子鸡。你们的血将如你们喝的酒一般流淌在地板上。你们可以毫不脸红地花他的钱，占他的房，喝他的酒，但是我警告你们：动一个人的儿子是件很危险的事。

【众求婚者同时站了起来。剑拔弩张的气氛。

【佩内洛普赶紧站在他们和特洛马克中间。

佩内洛普：

（对特洛马克）够了！回你的房间去！（对求婚者们）小孩子乱说话，别当真。

特洛马克：

（对佩内洛普）你不知道那十个求婚者去哪儿了吧？我告诉你。他们死了。他们来的时候已经七十多了，等了二十年。他们死了。

求婚者 1：

什么？都这么久了？

求婚者 2：

哇，你不说我都没注意。

特洛马克：

我那时还是个孩子，如今我二十了。你那时二十岁，如今你／* 已经……

求婚者 3：

／啊呀佩内洛普！你看上去一点都不像四十。

佩内洛普：

什么意思。你倒说说，四十岁的人看上去都什么样？

特洛马克：

我只是想让你知道，我不是小孩子了。

---

* “/”代表一句话还没说完，另一个角色在该处切入打断，两人台词部分重叠。

佩内洛普：

那就不要继续表现得像个小孩！

求婚者 2：

哇！（继续沉浸在对岁月的感慨中。对着他旁边的一个求婚者说）这么说来，你三岁就来了？

年轻的求婚者：

没有没有。我五年前加入的。

佩内洛普：

晚安，先生们。再次恭喜你们晋级决赛。

求婚者 4：

决赛环节的挑战是？

佩内洛普：

等。

【她下场。

第二场

人物：

特洛马克

尤里克莱亚

场景：

伊塔卡宫殿，特洛马克的卧室

时间：

晚上

【一个介于小男孩和大男孩之间的卧室。天蓝色调。墙上贴着超级英雄的海报，有阿瑞斯、赫菲斯托斯、阿波罗等众希腊男神，风格类似于动画片《圣斗士星矢》。

【尤里克莱亚在给特洛马克洗脚。有点痒。特洛马克咯咯笑。

特洛马克：

尤里克莱亚，哈哈哈，别挠我，尤里克莱亚。哈哈哈。

尤里克莱亚：

我又没挠你。你脚丫子自己太嫩太敏感。

特洛马克：

尤里克莱亚，哈哈哈哈哈……啊呀……哈哈哈哈……

尤里克莱亚：

真是一双王子的脚啊。我见过一些男人的脚，那老茧厚得，你把他脚剁了，他都感觉不到。

特洛马克：

真的假的？啊呀哈哈哈……尤里克莱亚，我都喘不过气了。

停下……哈哈哈哈。

尤里克莱亚：

坐好。我去拿干毛巾。

【尤里克莱亚下场。特洛马克双脚悬空等着。

【他渐渐止住了笑，等着。

【突然他感到一阵愚蠢。他把脚放回了水里。他故意地溅起水花。他站起来，光脚走向门口。

【尤里克莱亚回来。

尤里克莱亚：

嘿，怎么不坐好呢？让我给你把脚擦干。看看你弄得一团乱。

特洛马克：

尤里克莱亚，以后我不要你给我洗脚了。

尤里克莱亚：

为什么呀，宝宝？

特洛马克：

反正，我再也不要别人给我洗脚、洗头，帮我穿衣服了。

尤里克莱亚：

这是怎么了？

特洛马克：

一个需要奶妈洗脚的人没法变成一个真正的男人。你以前给我父亲洗脚吗？

尤里克莱亚：

洗啊，在他离开家以前。

特洛马克：

我也要离开家了。

尤里克莱亚：

啥？什么时候？去哪儿？

特洛马克：

就明天。去找我父亲。

尤里克莱亚：

你妈知道吗？

特洛马克：

她才不在乎呢。她一心盘算着改嫁。

尤里克莱亚：

不是这样的。特洛马克，你妈爱你。我们都爱你。别老是像个小孩子一样。让我擦干你的脚，你这样会着凉的。

特洛马克：

就是你们把我搞得像个小孩！我被困在这儿了。我一分钟也待不下去了！

尤里克莱亚：

你怎么能说走就走呢？

特洛马克：

帮我准备一罐水和一条长面包。我明天一早出发。

尤里克莱亚：

这主意是你刚刚想出来的吗，宝宝？胡说什么呢！别闹了。

特洛马克：

你不能违抗我。我是你的主子，我要求的事情你就得照办。除非你跟那些奴才一样，偷偷拿了那些人的好处……

尤里克莱亚：

哈！你什么时候变成小混蛋了？你就是这么跟我说话的吗？老娘的主子可不是你。老娘的主子是你妈，你爸，你爷爷奶奶！我照顾你是看在他们的面子上。现在老老实实坐下！脚伸出来让我擦干，不然看我打你屁股！

【特洛马克坐下。尤里克莱亚用干布擦他的脚。

尤里克莱亚：

这才是我的好孩子。

【她亲一口他的脸蛋。

【她帮他穿上袜子。

尤里克莱亚：

现在去床上乖乖躺好，我一会儿把牛奶和饼干端给你。

【尤里克莱亚下场。

【特洛马克举起哑铃健身。

【尤里克莱亚携一盒牛奶和一托盘的小脆饼干上。

尤里克莱亚：

小屁屁。有模有样的呢，小屁屁！

【她帮特洛马克擦脸上的汗水。特洛马克不耐烦地避开她的手，继续锻炼。

尤里克莱亚：

小屁屁，我拿来了你的牛奶和你最喜欢的小脆饼。好了好了，把榔头放下来吧。吃完就该睡了。

【她拍拍特洛马克的屁股。

特洛马克：

别老是碰我，尤里克莱亚！搁那儿就行了。

尤里克莱亚：

好啦好啦，我的小熊熊。牛奶一会儿凉了。你换下来的内裤呢？

特洛马克：

别老是那么叫我！我也不知道……在床边的篮子里吧？

【尤里克莱亚收起他的脏衣服，又拍了一下他的屁股，大笑着离开。

【特洛马克不停地练哑铃。

【突然，传出老鼠的吱吱叫声。特洛马克僵住，环顾四周。声音越来越清晰。特洛马克怕了，他紧紧抱着哑铃。

【一个卡通老鼠的毛绒玩具（比如米老鼠）出现。它在房间里跑来跑去，吱吱叫。特洛马克吓坏了。他退到一个角落，双手捂住耳朵。

特洛马克：

呃——

【老鼠毛绒玩具跳上了特洛马克的床。

特洛马克：

（几乎要哭出来）别他妈碰我的床。

【老鼠毛绒玩具跑向特洛马克。

特洛马克：

啊！

【老鼠毛绒玩具跳向桌子。特洛马克哭了。

特洛马克：

求求你不要碰我的小脆饼……

【老鼠毛绒玩具打翻玻璃杯。牛奶泼了出来。玻璃杯跌碎在地上。老鼠毛绒玩具嚼食起了饼干。

特洛马克：

不要！！！

【特洛马克闭上了双眼。但仍然能听到咀嚼声……

【特洛马克突然举起哑铃，砸向老鼠毛绒玩具。它尖叫，试着逃跑。特洛马克用尽全身力气砸老鼠毛绒玩具。鲜血从老鼠毛绒玩具体内喷出。

【老鼠停止了尖叫，但是特洛马克停不下来。越来越多的血溅得各处都是，溅在他的脸、手和身上。

【他终于停了下来。他拎起了滴着血的残破的老鼠毛绒玩具。他端详着它。

【尤里克莱亚上。她呆住了。

特洛马克:

尤里克莱亚，别怕。

【特洛马克走向尤里克莱亚，但是尤里克莱亚像是看见了怪物一般向后退。

特洛马克:

我长大了。你再也不用怕他们了。我会保护你。

【尤里克莱亚避开他的碰触。

特洛马克:

现在，去准备我的背包。我明早启程去寻找我的父亲。

【尤里克莱亚正要下场。

特洛马克:

等等。过来。不要告诉任何人。

【尤里克莱亚遵命。特洛马克把死去的老鼠毛绒玩具放在尤里克莱亚端着的托盘上。

特洛马克:

现在你可以退下了。

信件一：佩内洛普给特洛马克的信

亲爱的特洛马克：

希望你收到信时一切安好。听说你长大了，胆子大到不告诉你母亲一声就离家出走了。我很欣慰，相信你能像个大人一样照顾好自己。

顺便说一句，我把你所有的信用卡都停掉了。

旅途愉快！

你的母后

信件二：尤里克莱亚给特洛马克的信

我最疼爱的小屁屁：

我跟你说啊，赶紧把你的小屁屁给我挪回来！你妈气疯了！都怪你让我帮你打掩护，现在她也怪上我了。小屁屁，我担心死了。你为什么要走？你不知道这有多伤你妈的心。你在哪儿呢？按时吃饭，好吗？

尤里克莱亚

第三场

人物：

特洛马克

雅典娜——女，四十岁，身材修长匀称。热情的表面下隐藏着杀伐决断，一个雪莉·桑德伯格*式的人物。

雅典娜的保镖们

场景：

奥林匹斯的门口，奥林匹斯是一个类似于五角大楼的建筑。

【特洛马克在奥林匹斯门口席地坐着，身边有个小帐篷。他像个流浪汉一样，头发和脸脏脏的，手持两个硬纸板做的标语牌，一个上面写着“占领奥林匹斯！”，另一个写着“还我爸爸！”。

【雅典娜从奥林匹斯里走出来，身着西装套裙，亲手拿着一盒比萨。两个保镖跟在她身后。

雅典娜：

我同事告诉我，有个小伙子在门口扎营了好多天。我就想，年轻人嘛，这么多天肯定饿坏了。所以这不，我带了些吃的来，也不知道合不合你的口味。

【她把比萨递给他。

雅典娜：

（与特洛马克热情握手）你好，我是雅典娜。

---

* 雪莉·桑德伯格（Sheryl Sandberg）：现任 Facebook 首席运营官，是首位进入 Facebook 董事会的女性成员，曾任谷歌全球在线销售和运营部门副总裁。商业女精英、女权主义者。著有《向前一步：女性，工作及领导意志》一书。

【特洛马克在十秒内狼吞虎咽下两块比萨。他真的饿坏了。雅典娜打量着他。递给他一瓶水。

雅典娜：

慢慢吃。小伙子，慢慢吃。我能不能问问你，为什么要占领我们？“占领奥林匹斯！”——怎么个占领法？不过你这样倒是引来了不少媒体的关注。

特洛马克：

还我爸爸！

雅典娜：

小伙子，话可不能乱说。你凭什么觉得他在我们这儿？而且，谁是你爸爸？

特洛马克：

奥德修斯！（看雅典娜没有反应）我是他的儿子！特洛马克！你们送我父亲去打仗，却没有把他带回来！

雅典娜：

请允许我表示最诚挚的哀悼。我个人一向是反对战争、反对暴力的。对于发生在您父亲身上的不幸，我感到由衷的同情。不过有一点要澄清，奥林匹斯从来没有把任何人送上过战场，恕我们无法对任何人的失踪负责。

特洛马克：

可是……你难道不记得奥德修斯了？人们都说他是你最宠爱的战士！你看看我啊！我是他儿子！

雅典娜:

我是在新闻上听说过这个名字，但是我个人与他并无交集，我也没有什么“宠爱的战士”。我不知道您想要暗示些什么!

特洛马克:

我……我的意思是……我……你怎么能不承认……反正，在你交出我爸爸之前我是不会离开的!

雅典娜:

我口袋给你搜要不要?

特洛马克:

我不是开玩笑!

雅典娜:

你见过你的父亲吗?

特洛马克:

没有……可以说见过，那时候我还很小。

雅典娜:

假如他现在站在你面前，你能认得出来吗?

【特洛马克犹豫。

特洛马克:

我相信我是认得出的。

保镖甲:

我是你爸爸。

雅典娜:

真的，汤姆是个非常好的爸爸。

保镖甲：

我会接送你去足球训练，在周末的早晨煎松饼给你吃，供你上大学。

特洛马克：

不。你不是我爸爸。我爸爸是个大英雄。

【保镖甲很受伤。

【雅典娜对保镖乙小声说了几句。保镖乙下，复上时扛着一个储物盒。雅典娜打开盖子。里面放满了档案材料，每份材料上都有一张证件照。

雅典娜：

（对特洛马克）全在这儿了。英雄，每一个都是英雄。挑一个吧，算我的。

【特洛马克没动。

特洛马克：

他们不是我爸爸。

雅典娜：

你怎么知道他不在里面呢？

【特洛马克开始在盒子里翻找。他抽出一张亚洲男人的照片，想了想，放了回去。

【他抽出一张黑人男人的照片。他拿照片跟自己的脸比了比，放了回去。

【他抽出一张又一张的照片，考虑之后，都放了回去。

特洛马克：

他不在里面。

雅典娜：

你确定吗？里面有这么多呢。

特洛马克：

他们长得都不像我爸爸。别再耍我了！

【雅典娜拿出素描本和铅笔。

雅典娜：

跟我描述一下你爸爸长什么样。

特洛马克：

他……他很高，很健壮……有胡子。

【雅典娜按照特洛马克说的在素描本上画。

特洛马克：

（努力地想）他……很有威严。

雅典娜：

说具体点。

特洛马克：

他眼中有一种王者的逼人光芒。当他凝视天空，飞鸟会被惊落。但当他看向大地，顽石会变成群鸟飞入天空歌唱。（越说越流畅）他嗓音低沉厚重。当他跟你说话时，你会情不自禁地想告诉他，你所发现的这世界的一切，但同时，你突然忘了怎么说话。他有着宽厚温暖的手掌。当他握住你的手，你总是试着挣脱逃开，但是最终你总会回去握紧它们。他有着修长而健壮的双腿，当他走路时，你总是很难跟上，但是你希望他永远不会慢下脚步。他的胸口和背后有许多道巨大的伤疤。他把其中的几道文成野兽的样子，这些狰狞的图腾让你噩梦频频，也护你睡得踏实香甜。他不喜欢刮胡子。当他亲吻你的脸颊，你能闻出他昨晚去的酒吧。而他难得刮胡子的时候，那胡楂扎得你生疼。他的微笑令太阳熠耀，月亮起舞。他的怒火使冰雹骤降，舰船倾覆。但是你在他的羽翼下是安全的，因为你是他的孩子。

【雅典娜画完。她拿给他看。

雅典娜：

你的父亲是长这样吗?

【特洛马克凝视画像，眼中渐渐涌出热泪，他用力点头。

特洛马克：

对。对！这就是他的样子！

雅典娜：

（冷笑）这不是你的父亲。这是我的父亲。众神之神——宙斯。

特洛马克：

这不可能！这就是我父亲！我发誓！

雅典娜：

（冷冷地）你这个小骗子。收拾好东西，滚得远远的。不然别怪我不客气。

【保镖轻蔑地看了特洛马克一眼，都回到了奥林匹斯里，关上了门。

【特洛马克无助地看着他们离去。他捶打、脚踢，不停撞门。没有人回应。

信件三：佩内洛普给特洛马克的信

亲爱的特洛马克：

我想你的旅途一定十分充实愉快。难怪没工夫给我回信。

祝好。

你的母后

信件四：尤里克莱亚给特洛马克的信

亲爱的小屁屁！

今天一大群警察来家里搜查。跟你有没有关系？你是不是惹什么事了？他们什么都没解释，我和你妈吓坏了！那些求婚者们，没一个站出来的。你能相信吗？一百四十个大男人啊！没一个站出来。你妈很失望。今天什么也吃不下。要是你爸在就好了。要是你在也好啊。

按时吃饭!

爱你的,

尤里克莱亚

第四场

人物:

特洛马克

海伦——斯巴达王后，中年女性，红发（是染的），身材有些走形。

墨涅拉俄斯——斯巴达国王，近六十岁，红发，红脸，高且壮，曾是个很好的战士，如今因为整天坐办公室，有点发福了。

快递员

某某太太

无臂男人

众宾客

众摄影师

场景:

斯巴达王宫（墨涅拉俄斯家），客厅

【特洛马克拿着一张写着地址的纸，挨家挨户地对比门牌号。终于找到了。他理了理头发和衣裳，然后按门铃。

【海伦从卧室出来。她衣服换到一半，一边忙着整理头发，一边向门口走去。

【她通过猫眼看出去。

海伦：

站在我门口的是哪个小伙子啊？

特洛马克：

太太，我的名字叫特洛马克。

【特洛马克感觉到他在被人打量，有些害羞。他清了清喉咙。

海伦：

特洛马克……嗯，没听说过。咱们认识吗？

特洛马克：

您可能不认识我，太太。不过我认识您，我……

海伦：

常有的事。不过，我可不给陌生人开门，就算长着这样一张俊脸也不行。

特洛马克：

哦，您过奖了太太。可是，我是从伊塔卡远道而来的。我必须见你。

海伦：

男人为了我长途跋涉，又不是第一次了。

【特洛马克把海伦逗他的话当了真，他不知道该怎么做，也不善言辞。但是他也不离开。他为自己的笨拙而感到沮丧。

【海伦观察了他一会儿，把后背的拉链拉了下来，然后打开门。

海伦：

不过，今天可以破个例，我正需要人帮忙。

【海伦让特洛马克进来，关上了门，把背转向他。

海伦：

帮我拉上好吗？

【特洛马克帮她拉上拉链。海伦凝视他。特洛马克脸红。

海伦：

公子从伊塔卡来？

特洛马克：

对！

海伦：

哇。（挑逗）那里的人是怎么说我的？你听说的都是好事还是……坏事？

【海伦离特洛马克越坐越近。特洛马克快不能呼吸。

特洛马克：

我……我……我母亲跟我说过您。我父亲因为您去了战场。

海伦：

真的？他好勇敢！公子，能告诉我他的名字吗？

特洛马克：

奥德修斯。

【海伦一屁股坐回原处，语气也变了。

海伦：

兴致全无。呃，觉得自己好老。得了，小朋友，海伦阿姨能帮你些什么呢？

特洛马克：

我，我想问问您有没有见过他，或者知道他的下落。

海伦：

什么？他还没回家？

特洛马克：

没有。他二十年前去打仗之后就再也没回家。

海伦：

他们还没找到那艘船？

特洛马克：

没有。所以我才来找您。我想您没准有线索。

海伦：

这话什么意思？你是在怪我吗？我为什么会有线索？因为事情是我惹出来的，是吧？你是这个意思吧？这世上的小男孩儿只要不见了爸爸，都能跑来我这儿哭了是吧？

特洛马克：

不是，我不是这个意思……

海伦：

（啜泣）我还以为你是来看**我**的呢……

特洛马克：

（紧张且内疚）我……我……对不起。

【特洛马克递给她一块手帕。

海伦：

（继续抽泣）真香。

特洛马克：

我的奶妈用薰衣草水洗的。

海伦：

好可爱。有点娘，但是好萌。

【特洛马克再次脸红。

海伦：

你看你。奥德修斯从来不会这样脸红。

特洛马克：

您跟我父亲很熟吗？

【门铃响起。海伦开门。快递员送给她一束红玫瑰。她签了单，快递员下。

【海伦开心地打开卡片，一首录好的歌从卡片里传出：一个男人充满激情而跑调地唱《当男人爱上了女人》。

海伦：

天哪，我的丈夫是个傻瓜。

【她很快乐。

海伦：

我最讨厌玫瑰了。

【她喜欢玫瑰。她把它们插进花瓶。

特洛马克：

哦，我忘了今天是情人节。

海伦：

一个真正的男人从来不会忘记情人节。

【门铃再次响起。

【海伦开门。

【同一个快递员拿着更大的一束玫瑰。

快递员：

给您的，夫人。

海伦：

这是谁送的？

快递员：

我不知道，夫人。

海伦：

你没有寄件人的名字吗？

快递员：

没有。

海伦：

送错地址了吧。

快递员：

没有，就是给您的。请在这儿签字。

【海伦签单。快递员意味深长地看了她一眼然后下场。海伦打开卡片。

海伦：

“毫无保留的爱。”没有署名。

特洛马克：

您需要我报警吗？

海伦：

这倒不用。这种事经常发生。都是些暗恋我的人。我也拿他们没办法。

【她努力不表现出太兴奋。

海伦：

能帮我个忙吗，特洛马克？

特洛马克：

当然！

海伦：

等会儿我丈夫回家，这花的事，你能帮我保密吗？

特洛马克：

没问题！

海伦：

你真好！谢谢你！稍等我一下……

【她把第二束玫瑰藏了起来（沙发底下，储藏柜里，随便哪儿一塞都行）。

【钥匙开门声。墨涅拉俄斯上。

海伦：

老公回来了！

【他们拥抱，长久地舌吻。

墨涅拉俄斯：

亲爱的，你今天真美。对了，那首歌……你肯定笑话我了。

海伦：

你的歌声棒极了！充满磁性，有力，又粗，又深……

墨涅拉俄斯：

这歌我在办公室练了一个星期。

海伦：

啊，你真是个完美的爱人。

墨涅拉俄斯：

花还喜欢吗？

海伦：

我从来没有见过那么美的玫瑰。

【墨涅拉俄斯环顾四周，发现了特洛马克。

墨涅拉俄斯：

这是谁！

海伦：

他就是个孩子，亲爱的。别激动。

墨涅拉俄斯：

你是谁？

特洛马克：

我的名字叫特洛马克，先生。

墨涅拉俄斯：

我管你叫什么！你他妈在这儿鬼鬼祟祟干吗？

海伦：

嘿！冷静一下。他是奥德修斯的儿子。

墨涅拉俄斯：

哦。你是……天哪，上次我见你的时候你还是个小娃娃。

海伦：

难以置信吧？

特洛马克：

很高兴见到您，先生。

【特洛马克伸出手想跟墨涅拉俄斯握手。墨涅拉俄斯冷不丁地给他一个熊抱，然后突然把特洛马克的头往他腋窝里一夹，然后亲热而粗暴地拨弄特洛马克的头发，哈哈大笑。特洛马克差点窒息。终于，墨涅拉俄斯放开了他。

墨涅拉俄斯：

瞧瞧！多好的一个小伙子！（对海伦）瞧瞧！没多久以前还是个小娃娃呢！哈，看着你，我觉得自己老了。你爸怎么样？那个狡猾的家伙！啊，我真想念过去的日子！

特洛马克：

这正是我来拜访的原因。我们找不到父亲。他至今没有回家。但是也没人听说他的死讯。你们知道些什么吗？

墨涅拉俄斯：

真是奇怪了。十年前的那天下午我记忆犹新，我们各支船队起航回家。他的船还比我的先走。整整十年，你都没有他的消息吗？

特洛马克：

其实已经二十年了。

墨涅拉俄斯：

没错，没错。再加上打仗的那些年。你爸可真是个难得的勇士和将才啊。如果不是他，我们没人能活到今天。

特洛马克：

但是他自己却没能回来。

墨涅拉俄斯：

是啊，是啊。真是很遗憾。

特洛马克：

因为他离家太久了，我们在伊塔卡的王宫岌岌可危。几百个求婚者每天聚在我家挥霍着我们的财产，强迫我母亲再婚。

墨涅拉俄斯：

什么！那帮混蛋！怎么能这么不要脸？

特洛马克：

他们还计划谋杀我。

墨涅拉俄斯：

他奶奶的！我绝不允许这种事情发生在我最好朋友的儿子身

上！别怕，孩子！你就住你墨涅拉俄斯叔叔家，想住多久住多久！

海伦：

走了这么多路，你一定又累又饿。我去给你准备热水洗澡，还有丰盛的晚餐……

特洛马克：

谢谢你们的好意，但是我要去找我父亲。

海伦：

这么急做什么呢？都已经二十年了，再等一天也没什么关系。

特洛马克：

有关系！我母亲随时可能爱上别人。那些求婚者正在想一条新的计策掠夺我家的财产。我的父亲此时此刻可能正忍受着严寒、饥饿和病痛！我一想到这些就痛心，又岂能在这样一个温暖舒适的环境下假装没事地享乐。内疚每分每秒都在折磨着我。

【墨涅拉俄斯和海伦快速交换了一个眼神。

海伦：

放轻松，小伙子，放轻松。今晚谁都不许内疚。今天是情人节，我们只可以爱。

墨涅拉俄斯：

你把花放哪儿了？

【海伦有些紧张。她把花瓶里的花指给他看。

海伦：

是不是特别漂亮？

特洛马克：

是啊，真漂亮。

【墨涅拉俄斯瞪着特洛马克。

墨涅拉俄斯：

你什么时候到的？

海伦：

（同时）刚刚。

特洛马克：

（同时）下午。

墨涅拉俄斯：

很好……**很好**。亲爱的，你今天过得怎么样？

海伦：

挺忙的。我一整天都待在家为今晚做准备。你看，我做了水晶指甲，还做了足部护理。你喜欢我这发型吗？

墨涅拉俄斯：

亲爱的，你永远都是那么美。特洛马克，你也一块儿来party吧！情人节的晚上，没人应该孤零零地吃晚饭，尤其是你这样帅气的小伙子。

海伦：

有几个你父亲的老朋友也会来，没准你能打听到关于你父亲的消息呢。

特洛马克：

既然是这样……

海伦：

一块儿来玩嘛！

【门开了。衣着鲜亮时尚的男女鱼贯而入。海伦和墨涅拉俄斯与他们寒暄，打招呼行贴面礼，摆姿势合影……专业摄影师扛着单反照相。闪光灯响个不停。侍者端着香槟在人群中穿行。

宾客 1：

海伦，你看上去美极了。

宾客 2：

光彩照人！

宾客 3：

你这一身是谁的设计？

海伦：

纪梵希。手袋是路易·威登。

宾客 4：

色彩搭配极为大胆、当代，却又带着一丝向传统致敬的细腻。

摄影师 1：

海伦！看这边！（闪光灯）

摄影师 2：

海伦！海伦！（闪光灯）

摄影师 3：

笑一个！（闪光灯）

【海伦和墨涅拉俄斯不断变换姿势照相。

【音乐越来越大声。所有人说话都需要用喊的。

墨涅拉俄斯：

嘿！特洛马克，过来！你见过某某太太了吗？她的丈夫在战场上牺牲了！他曾经在奥德修斯的军队服役！奥德修斯亲手埋葬了他！这是特洛马克！奥德修斯的独生子！

特洛马克：

某某太太，很高兴见到您！

某某太太：

（刚喝完一杯龙舌兰，又端起另一杯龙舌兰，一饮而尽。爽得尖叫一声。）哇哦！哦，你好！很高兴见到你！你爸怎么样？

特洛马克：

我不知道！我还在找他！

某某太太：

简直是太棒了！

特洛马克：

（大声）对不起！您说什么？

某某太太：

（大声）简直是太棒了！

特洛马克：

（大声）什么？

某某太太：

（大声）我给你介绍过我丈夫吗？

特洛马克：

（大声）什么？

某某太太：

（大声）这儿呢！（对着手里一杯酒说话）嘿，这是特洛马克。奥德修斯的独生子。还记得奥德修斯吗？

【她把杯子递给特洛马克。

某某太太：

（大声）喝了它吧！

【她大笑着走掉了。一个没有手臂的男人走到特洛马克身边。

无臂男人：

把这杯酒给我。

【特洛马克不知道怎么把酒“给”他。他把酒灌进男人的嘴里。

无臂男人：

谢谢。很高兴认识你，小伙子。要是我有手臂，这就给你一个拥抱。

【他哭了。

特洛马克：

先生，没关系没关系。

无臂男人：

我们来跳舞吧！来吧！

【特洛马克跟着他进了舞池。许许多多坐着轮椅、拄着拐杖、戴着眼罩的男人们和黑衣的女人们在里面狂野地跳舞。

海伦：

这些男人终于回到家，发现被老婆戴了绿帽子。这些忠贞等待的女人，最后等来了丈夫的死讯。这一屋子全是寡妇和鳏夫。我们每年为他们举办情人节派对。

特洛马克：

你想让我说什么？夸你有善心？

【海伦大笑。

海伦：

你知道这些人有多恨我吗？我预感我早晚会在派对上被这些人谋杀。

特洛马克：

他们看上去很快乐啊。

海伦：

是啊。他们很快乐。十年来，他们的唯一目标就是忘掉过去。看看，这就是他们努力的成果。

特洛马克：

你很幸运，没有成为他们中的一员。

海伦：

我也是寡妇。我是全国最大的寡妇。数不尽的男人为我而死。帕里斯也死了。你不知道他也是我丈夫吗？

特洛马克：

我们好像……不应该在这儿讨论这个话题。

海伦：

你也恨我吗，特洛马克？

墨涅拉俄斯：

你在这儿呢，我的宝贝！

【墨涅拉俄斯把海伦从特洛马克身边拉开。

墨涅拉俄斯：

女士们，先生们。请允许我致祝酒词——敬我美丽而忠贞的妻子！

所有的残疾男人：

（像歌队一样齐声）敬我美丽而忠贞的妻子。

海伦：

敬我英俊而勇敢的丈夫！

所有的黑衣寡妇：

（像歌队一样齐声）敬我英俊而勇敢的丈夫。

墨涅拉俄斯：

我今晚真是非常开心。你呢，海伦？

海伦：

当然也很开心啦，就像和你度过的每一个晚上一样。

墨涅拉俄斯：

是吗？你是不是有什么事瞒着我？

海伦：

什么？没有！我从不对你隐瞒任何事。即使是那次我爱上了别的男人，我也没有瞒过你。我直接跟他跑了。全世界都知道了。

墨涅拉俄斯：

我们说过了不提这个！

海伦：

既然你问了，那就不妨说清楚。

墨涅拉俄斯：

那些花又怎么说？

海伦：

什么花？

墨涅拉俄斯：

别糊弄我！

海伦：

我根本不知道你在说什么。你是送了我一束玫瑰。怎么了？

墨涅拉俄斯：

那是你今天收到的唯一一束玫瑰吗？

海伦：

老天爷。又来了。

墨涅拉俄斯：

你为什么要把它们藏起来？

海伦：

在这个家里我就不能有点隐私吗？不能吗？我有别的仰慕者不是我的错。你选择了让我做你的妻子，你就应该坦然面对这一点。帕里斯那回你就应对得很好嘛。

墨涅拉俄斯：

我说了我们不再提他了！

海伦：

为什么不提？如果你爱一个人，你就应该完完全全接受真实的她，和她的过去。墨涅拉俄斯，你是真的爱我吗？

墨涅拉俄斯：

你别逼我！你说！另一束花是谁送的？

【她含笑的眼神在残疾的男客身上一个个扫过。

海伦：

你猜？

墨涅拉俄斯：

（痛苦）你这个婊子！

海伦：

你猜是不是他？（指着特洛马克）

墨涅拉俄斯：

别美了。他有大把年轻貌美的女同学可以挑，连看都不会看你一眼的，老母猪。

海伦：

要打赌吗？

【她款款走向特洛马克。墨涅拉俄斯把她抓回来。

墨涅拉俄斯：

别闹了！

【他扇了她一巴掌。她扇了回去。

海伦：

受不了了吧？总算有件事情是你掌控不了的。

墨涅拉俄斯：

没人爱你了，海伦。照照镜子，你都多大岁数了？如果你现在跟谁跑了，不再会有战士为你动一根手指头。只有我还对你有点兴趣，你明白吗？你只有我了。

【他从皮夹里拿出一张收据。

墨涅拉俄斯：

是我买了那第二束花。想让你高兴高兴的。

【墨涅拉俄斯把收据给宾客们一一传看。海伦拿出了那束她藏起来的花，向墨涅拉俄斯的脑袋砸去。

海伦：

拿回去！你这个卑鄙小人！

【她用玫瑰没头没脑地抽打墨涅拉俄斯的脸。墨涅拉俄斯哇哇大叫，却不还手。

【海伦举起装着玫瑰的水晶花瓶，正要往地上摔。

墨涅拉俄斯：

够了，你这娘儿们！

【墨涅拉俄斯气呼呼地摔了一个玻璃杯以镇场。清脆的碎裂声。

【静场。

【海伦把花瓶往地上一摔。

【静场。

【一个宾客摔了一个玻璃杯。又一个宾客摔了一个玻璃杯。然后是第三个、第四个……每个人都纷纷把手中的玻璃杯往地板上砸。

【最后，整个屋子里只剩下了一个完好的玻璃杯，特洛马克手上的那个。众人终于停了手。

海伦：

我不爱你，墨涅拉俄斯。

墨涅拉俄斯：

去你妈的！

海伦：

我从来没有爱过你。

墨涅拉俄斯：

去你妈的！

海伦：

我爱过帕里斯。我爱过奥德修斯。我暗恋过赫克托耳。我很可能会爱上你面前的这个小伙子。但是我从来没有爱过你，我也永远不会爱上你。

【墨涅拉俄斯非常受伤。

海伦:

你满意了吗?

【她轻轻地触碰墨涅拉俄斯的脸。墨涅拉俄斯抱住海伦，像个受伤的孩子般把脑袋埋在她的臂膀里。海伦亲吻他的头发。

【突然墨涅拉俄斯一把扛起了海伦，把她抱进卧室。

墨涅拉俄斯:

(对宾客喊道)派对结束了。各回各家去吧。

【他把卧室的门踢上。海伦在里面尖叫并咯咯笑。

【宾客下。

【特洛马克尴尬地站在原地，手持屋里剩下的最后一个玻璃杯，不知如何是好。墨涅拉俄斯和海伦在屋里发出激情的声响。正当特洛马克终于决定离开的时候，卧室里安静了下来……响起一阵响亮的鼾声。

【海伦光脚从屋里出来，小心掩上身后的门。她的头发、裙子和口红凌乱。她稍微整理了一下，在特洛马克身边坐下。

【她示意特洛马克坐下。

【海伦卷了支烟，特洛马克帮她点火。她吸了一口递给了特洛马克。他们俩轮流吸，放松了下来。

海伦:

这就是婚姻。

特洛马克:

跟我想的不一样。

海伦：

它跟谁想的都不一样。

【他们交替着抽烟。

【海伦凝视特洛马克。特洛马克突然倾身吻她。海伦把他推开。

特洛马克：

对不起，我……对不起。（尴尬懊恼）我还以为你……对不起。

海伦：

我跟你母亲比，谁漂亮？

特洛马克：

这个问题很奇怪……我的母亲是我的母亲。

海伦：

二十年前肯定是我赢。但是现在，不好说了。她把自己保存得太好了。我有多少就挥霍多少，而她一分没花地留着，可这才是天大的浪费。

特洛马克：

她在等我的父亲。

海伦：

奥德修斯……他也向我求过婚，你不知道吧？可我刚准备接受，他就收回了，转眼就娶了佩内洛普。很多年我都咽不下这口气。如果我是你妈，我一天也不会等，因为他根本舍不得离开我半步。佩内洛普不懂怎么留住男人。

特洛马克:

是吗?这倒是新鲜了。一大堆男人待在我家不肯走,非要娶我母亲。

海伦:

哪有这样替妈说话的。(停顿)你知道吗,她活该。等这么久她活该。如今总算轮到她了。

特洛马克:

你说什么呢!

海伦:

在我私奔去特洛伊之前,墨涅拉俄斯下班从来不直接回家。有时候晚两个小时,有时候睡前才回来,有时候,他只在早上回来冲个澡。从下班到回家——这是男人一生中最神秘的一段时间。一开始我还打他电话,很快他就不接了。我让女儿给他打。想象一下,一个三岁的小女孩问她父亲:"爸爸,今晚回来吃晚饭吗?"你觉得这能感动他?不,他骂我心机重,拿孩子来操控他。于是我只好打给你母亲。因为墨涅拉俄斯总是说他跟奥德修斯在一块儿。"你好佩内洛普,墨涅拉俄斯跟奥德修斯在一块儿吗?"男人总是互相掩护。我以为女人对女人会多点同情。但是没有。你母亲从来没有同情过我。她可真是个模范妻子啊。你父亲让她做什么她就做什么。而你的父亲呢,愿意为哥们儿做任何事。"是啊,他们今晚一起在局里开会呢。奥德修斯说他会晚些回来。”有时候我甚至在墨涅拉俄斯在家的时候试她。果不其然，她还是重复同样的谎言。我渐渐感到绝望。这个时候，帕里斯出现了。他才是真正挽救了我们婚姻的人。墨涅拉俄斯把我从特洛伊赢回来之后，一天也没有晚回家过。你妈是个臭婊子。现在轮到她慢慢等了。

特洛马克：

这不公平！我和你的女儿又怎么说呢？我们也活该吗？

海伦：

我很抱歉，你不得不经历这些。我希望我的女儿以后能嫁给一个跟他们全都不一样的男人。（叹了口气）我最心疼的小姑娘。

特洛马克：

你觉得……这些年我爸爸会有别的女人吗？这会是他不回来的原因吗？

海伦：

你父亲是个很有魅力的男人。要是外面有一两个女人想要留下他，我可不会意外。也许他已经在某个热带城市安了家，娶了个年轻的太太，养一大堆孩子，光着脚在丛林里跑来跑去。（被自己的想法逗乐了）这样的神仙日子连我都想过。你吃过芒果吗？

特洛马克：

没有。不！他爱我母亲！他不会背叛她的。

海伦：

代我向你妈问好。转告她，她老公跟我老公在局里开会，到现在还没开完呢。转告她，好好守她的活寡吧！哦，也不用，你们家那么多男人呢！

特洛马克：

我不许你这么说她！你根本不了解她！你对我家一无所知！我的母亲是个好人！她不是你说的……

海伦：

特洛马克，我对你印象很好。你跟他们都不一样。世界对你来说还是一个谜。如果你下次再来的时候还是没变，我会把我的女儿嫁给你。我想墨涅拉俄斯也会赞同的。晚安了，小王子。

信件五：海伦给佩内洛普的信

嗨，亲爱的：

你还好吗？我们好多年没见了！猜猜我昨天见到谁了？贵公子！他长成了多俊的一个小伙子呀。他问了我好多关于他父亲的事。我也答不上来。这么久了，奥德修斯还是没找到？真是令人遗憾。

我们给了他一些钱和吃的。他好像往南边去了。跟你说一声，你好别太担心。

对了，还有件事，不知该不该说……你儿子吻了我。哈哈哈！他真可爱。不过，他真的需要一个父亲来好好教教他该怎么接近女人。

说了这么多，你怎么样？还在等吗？现在是等两个男人了，是吧？

墨涅拉俄斯向你问好。

爱你的，

海伦

第五场

【打字声。

【投影：

“知乎”上的一个问题：

“在《奥德赛》里，奥德修斯回家的途中，他先后跟哪些女人有一腿？先后顺序是什么？第一个让奥德修斯背叛佩内洛普与之通奸的女人是谁？”

用户“阿波罗”回答了这个问题：

“是喀尔刻。但是那不能算是通奸。没错，他确实跟她发生了性关系，但是你得考虑到喀尔刻是神，也是个女巫。奥德修斯别无选择，他只能跟她睡。而且，他也是为了帮他的伙伴变回人类来帮助他回家。所以说这是不可避免的。哦，书里还提到奥德修斯常常梦到佩内洛普，即使他跟喀尔刻在一起的时候也是这样。这说明，他爱的始终是佩内洛普。”

回答下面被点了四个“赞”。

第六场

人物：

特洛马克

特洛马克——六岁的小男孩，奥德修斯与喀尔刻之子，与特洛马克同名，在剧本中让我们称他为“特洛马克二号”以示区别。

喀尔刻——女，二十出头，皮肤黝黑，充满异族风情。

场景：

热带小岛埃埃亚

【特洛马克穿越浓密的丛林，到达一处空地。空地的中央，立着一座宅子。一个小男孩在公馆前玩着木马。

特洛马克：

你好。

特洛马克二号：

你好。

特洛马克：

请问喀尔刻女士是住在这吗？

特洛马克二号：

妈妈。

特洛马克：

哦，可以带我见你妈妈吗？她在家吗？

特洛马克二号：

妈妈不在家。

特洛马克：

哦，好的。谢谢你。那我等会儿。

【他坐在门廊前等着。

特洛马克：

这儿可真漂亮，是不是？

【特洛马克二号把他的木马分给特洛马克。他们一起玩。

特洛马克：

谢谢。真是匹漂亮的小马。这是谁做的？

特洛马克二号：

爸爸。

特洛马克：

我爸从来没给我做过玩具。他离开家的时候我还太小了。不过奶奶把我爷爷给我爸做的玩具都留着。木马，木头老虎，木头小狗……对了，我是特洛马克，你叫什么名字？

特洛马克二号：

特洛马克。

特洛马克：

没错，就是我的名字。你叫什么？

特洛马克二号：

特洛马克。

特洛马克：

你的名字是特洛马克？

特洛马克二号：

（点头，指他自己）特洛马克。

【静场。

特洛马克：

你爸爸是谁？

特洛马克二号：

奥德修斯。

特洛马克：

你个小骗子。

【特洛马克二号哭了。特洛马克冷冷地看他哭。

特洛马克：

带我看你家。

【特洛马克二号带领他进入宫殿。

【室内装饰跟伊塔卡的宫殿一模一样。特洛马克看向四周，他也哭了。

特洛马克：

他怎么能给你起一样的名字呢！

【他们俩各自大哭。

特洛马克：

他在哪儿？……奥德修斯在哪儿？

【特洛马克二号摇头。

特洛马克：

他这会儿是跟你妈妈出去了吗？他们就快回家了吗？

特洛马克二号：

爸爸走了。没有爸爸。

特洛马克：

走了是什么意思？什么时候走的？

特洛马克二号：

在我……（他比画）

特洛马克：

在你这么小的时候，他离开了你和你妈妈？

【特洛马克二号点头。

特洛马克：

他还会回来吗？

【特洛马克二号困惑。

特洛马克：

他去哪儿了？

【特洛马克二号摇头。

特洛马克：

他是回家了吗？

特洛马克二号：

不在家。爸爸不在家。

特洛马克：

不是这个家。我的意思是我的家。他真正的家！伊塔卡！他有没有提过他要去伊塔卡？

特洛马克二号：

爸爸不在家。

【停顿。

特洛马克：

你觉得他会回来吗？

【特洛马克二号点头。

特洛马克：

你怎么知道他会回来？

【特洛马克二号摇头。

特洛马克：

他不会回来了。

【特洛马克二号又哭了。

喀尔刻（画外音）：

特洛马克？怎么哭了，特洛马克？

【特洛马克听到了声音，正要跑，回头去拿特洛马克二号手里的玩具木马。特洛马克二号不松手，特洛马克把他狠狠推倒在地上，抢走木马。

【喀尔刻上。

【特洛马克藏在树丛后看他们。

喀尔刻：

怎么了宝贝？怎么哭了？谁欺负你了？是这里痛？妈妈揉揉。这帮混蛋。（向四周大喊）欺负一个没爹的孩子！不要脸！你们不要脸！

信件六：特洛马克给佩内洛普的信

亲爱的母亲：

原谅我不告而别。原谅我迟迟没有回信。

我走得越远，父亲就仿佛变得越陌生。我觉得我在渐渐失去他。妈妈，我觉得，你值得过更好的生活。

爱你的，

特洛马克

信件七：佩内洛普给特洛马克的信

亲爱的儿子：

总算收到你的回信了，我真高兴。

今天我在想，我们从来没有一起旅游过，即使是一次短短的春游也没有。因为我们总想确保至少有一个人在家，总是害怕万一刚出门，你爸爸就回家了，我们就会错过他。而这是我们无论如何都不可以错过的。但是今天我突然想，要是你小的时候我带你去一次公园该有多好。要是能看着你在海边用沙子堆城堡，和你一起在湖边散步，该多好啊。可惜是尤里克莱代替我陪你做了这一切。我甚至记得你小时候有一次管她叫妈妈。

不管怎么说，先回家吧。我们一起出去玩一次。你想去哪里我们就去哪里。我希望还不算太迟。

爱你的，

妈妈

信件八：尤里克莱亚给特洛马克的信

亲爱的小屁屁：

你妈妈给我看你的信了。听到你报平安，我们都很高兴。今天，鸭子下了九个蛋，鸡下了二十个。我把这些蛋都攒着等你回来吃。有个求婚者问我要一只鸡。我才不给他。让他去吃屎。我全给你留着呢。

爱你的，

尤里克莱

第七场

人物：

特洛马克

特瑞西阿斯——韩国老妇人，洗衣店店主。

场景：

一个巨大的公共洗衣店

【一个巨大的洗衣店，数百台洗衣机和烘干机发出漂洗和转动的轰鸣声。天花板的白炽灯亮得扎眼。其中，有几盏很不稳定，时明时灭，发出电流噪声。

【门开了。强风吹进屋里。特洛马克进来。他累坏了，冷得直哆嗦，衣衫褴褛。

特洛马克：

你好？有人在吗？

【房里没有人。

【特洛马克打开洗衣机，拿出了一些湿的衣服。他把水从衣服里拧出来，然后喝了。他非常渴。

【他喝够了水之后，打开了干衣机，拿出了一件白色的浴袍，准备穿上……灯光闪烁，突然全黑了，然后又亮了。

特瑞西阿斯：

（带着口音）放下。

【特瑞西阿斯出现在柜台后。特洛马克吓了一跳。

特洛马克：

我不是故意的。我不是乞丐流浪汉什么的。我出身高贵，坦白跟你说吧，我是个王子。我没想要拿你的衣服。你别误会。我平时一直是穿裘皮、丝绸、羊绒的衣服……纽扣是金子做的。比这些可精致多了。不过你瞧，这儿太冷了。如果你不介意的话，我想拿这些衣服先披一披。我会向神明为你祈福的……

特瑞西阿斯：

放下！

特洛马克：

愿神明保佑你的洗衣店生意兴隆。

特瑞西阿斯：

生意兴隆？哈。

特洛马克：

干这行肯定不容易。这么多衣服，都要你来洗。你让我想起了我的奶妈，尤里克莱亚。我所有的衣服都是她洗的。她洗衣服可干净了。你们准能成为朋友。

特瑞西阿斯：

这话我怎么听着那么耳熟。几年前，有个混蛋来过，提些什么神啊，他的奶妈啊，花不完的钱啊。接着就要偷我的衣服。你这口气跟他一模一样。等等……你连长得都跟他有点像。

特洛马克：

他叫什么名字？

特瑞西阿斯：

奥德修斯。

特洛马克：

他来过这儿？！你说我像他？

特瑞西阿斯：

是啊，你们俩说起话来都像王八蛋。

特洛马克：

（激动地）我真的长得像他吗？真的吗？

特瑞西阿斯：

就跟一个模子里刻的。除了他更老点儿。

特洛马克：

他现在在哪儿？

特瑞西阿斯：

我不知道。

特洛马克：

那你给了他衣服吗？（特瑞西阿斯摇头）你就让他这么冻着？他会生病的！你这个没有心肝的人！后来呢？

特瑞西阿斯：

后来他就把我绑在了椅子上，打劫了我的店！

特洛马克：

他真的那么做了？

【特洛马克从洗衣机里翻出一条围巾，把特瑞西阿斯按住，绑在椅子上。特瑞西阿斯挣扎。灯光闪烁，黑场片刻，又亮了起来。

特洛马克：

告诉我他还做了什么。

特瑞西阿斯：

他还在我的口袋里搜我的钱包。

【特洛马克照做。

特瑞西阿斯：

但是他没找到，所以他去搜柜台。

【特洛马克照做。

特瑞西阿斯：

但是他什么都没找到，他说——

特洛马克：

你就没有个收款机吗？这是什么鬼地方？搞慈善的吗？

【灯光闪烁，一黑，很快又亮了。特洛马克接下来每一个行动都与特瑞西阿斯的台词呼应。一开始是特洛马克照着特瑞西阿斯说的每一步做，逐渐演变成特瑞西阿斯描述特洛马克的行动。

特瑞西阿斯：

然后他去搜了干衣机。

他翻出个 E 罩杯的胸罩，闻了闻，扔到一边。

翻出个 A 罩杯的胸罩，看了一眼，扔到一边。

棒球帽，试了试，戴不上，扔到一边。

一件婴儿上衣。他饶有兴致地打量，那么小，他被逗乐了，扔到一边。

一双袜子，其中一只破了个洞。他穿上袜子。

他冻僵了。

他把越来越多的衣服穿在身上，却越来越冷。

特洛马克：

为什么我还是这么冷？这里面比外面还冷。

【灯光闪烁，屋里一黑，随即又亮了起来。特洛马克摔倒在地。

特瑞西阿斯：

你是他的儿子。

特洛马克：

是，我是奥德修斯的儿子。他的独子！你对我做了什么？我的背疼得厉害……啊！你对我做了什么？

特瑞西阿斯：

我警告过你不要碰它们。

特洛马克：

谁在尖叫？我看见了血……女人的脸……浓浓的白雾……地很滑……啊！我的背！……克吕泰墨斯特拉？……克吕泰墨斯特拉？

特瑞西阿斯：

你穿的是阿伽门农的浴袍。你正感受到的是他的死亡。你应该等到这上面的记忆都被洗掉之后再碰这些衣物的。

特洛马克：

阿伽门农是战死的！

特瑞西阿斯：

那是媒体说的，又一个大人骗骗小孩的谎言，让世界看上去得体些罢了。战死的？呵呵，他是被妻子和妻子的情夫在浴室谋杀的。真煞风景啊，是不是？对了，你还穿着阿喀琉斯的袜子，这会儿你应该能感到脚踝痛了。帕里斯用毒箭射中了他。

【特洛马克痛得尖叫。

特瑞西阿斯：

这会儿你的脑袋应该感觉到裂了一般的疼。你戴着的是帕里斯的帽子。菲洛克特特斯射了四箭为他朋友复仇。第一箭射偏了，第二箭射中帕里斯拉弓的手，第三箭射中他的右眼，第四箭射中他的脚踝，再也不需要第五箭了。

【特洛马克哀号，在地上翻腾。

特瑞西阿斯：

摸摸你的口袋。有没有看到什么眼熟的东西？

【特洛马克翻出了一块蓝色的手帕。他的双眼突然感到一阵酸楚。眼泪从他的双颊流下。

特瑞西阿斯：

那是你祖母的眼泪。你的母亲告诉你，死亡温柔地从海上来造访了她。不。她死于伤心。因为过于想念你的父亲，她哭啊哭啊，哭瞎了眼睛，哭碎了心，最后哭死了。

【特洛马克挣扎着脱掉所有衣服。他赤裸着。

特洛马克：

为什么我还是疼？

特瑞西阿斯：

你从洗衣机里喝的水混合着血和汗。都是从你父亲部下的身上，以及被他们杀掉的战士身上流出来的血和汗。他们每一个人死后，衣物都被送到这儿，与敌人的衣物一块儿洗涤干净。这每一滴水里都混着成千上万个人的血汗。你将经历成千上万种死法。

特洛马克：

你为什么要这样对我？我又没有杀过任何人！

特瑞西阿斯：

你的父亲制造了这样一个烂摊子后就拍拍屁股跑了。你活该替他受难，因为你是他的独子！

【特洛马克痛苦地喊叫。灯光闪烁然后熄灭。特洛马克昏倒。

第八场

人物：

雅典娜

脱口秀主持人

尤里克莱亚

众求婚者

场景：

一半在伊塔卡宫殿的客厅，一半在脱口秀录影棚

【一个形象如罗宾·罗伯茨*的脱口秀主持人在做雅典娜的专访。她们坐在一个电视摄影棚里。

【在舞台的另一边，尤里克莱亚做着针线活，和众求婚者一起在客厅看电视。

主持人：

刚刚我们介绍了这本新书如何引领了一场女权主义的风潮。现在，就让我们来见见作者本人！我们有幸请到了雅典娜来到我们的节目，聊一聊男神和女神之间权力的鸿沟。她是智慧女神，也是优秀的战术家，还是图书销量排行榜冠军《站出来：女神，工作及领导意志》的作者。我们将马上有请她加入我们的讨论，但是首先，让我们回顾一下她登上事业巅峰的历程。

求婚者 1：

尤里克莱亚，给我拿瓶啤酒。

尤里克莱亚：

嘘！

【音乐起。播放雅典娜照片组成的幻灯片。主持人在每张照片播放时说旁白。

主持人：

……她是奥林匹斯背后的女性力量。雅典娜——奥林匹斯的 CEO，宙斯的得力助手，曾为国际上多位领导人担当顾问，每

* 罗宾·罗伯茨（Robin Roberts）：美国电视节目《早安，美国》的主持人。

一天，她都在打破奥林匹斯山中的一道又一道壁垒，今年刚刚荣获斯巴达女神权势排行榜第一名。她是怎么做到的？从宙斯的脑中横空蹦出，雅典娜在一岁时就长成了一名成熟的女神。她很快成了宙斯最喜爱的孩子。她凭借着非凡的直觉和远见，插手了斯巴达的一场小小的民事纠纷，亲手一步一步把它打造成全世界最大规模的战争——特洛伊之战。随着她不断向顶端攀升，她发现，周围的女神却越来越少。她决定，不能再保持沉默——

雅典娜：

想要入主大神庙，就不能缩在角落。

主持人：

这是她的新书《站出来：女神，工作及领导意志》传递出的信息。她今天将作为《站出来》的作者参加我们的访谈——雅典娜！欢迎来到我们的演播室！

雅典娜：

谢谢你的邀请！

求婚者 2：

你怎么就坐在那儿？你不用干活吗？

求婚者 3：

我饿了，尤里克莱亚。

尤里克莱亚：

我又没法给你喂奶。

【求婚者们起哄求婚者3。

主持人：

像您这样身居高位的女神上台居然还会有点小紧张，真是平易近人。

雅典娜：

当然了。这可是《早安，奥林匹斯》啊。

主持人：

哈哈，谢谢。您在书中提到要“站出来”，您也确实通过这本书站了出来。能不能向大家解释一下这个词的具体含义。

雅典娜：

“站出来”指的是相信自己，相信男神们能做到的所有事我们也能做到。

求婚者1：

胡扯。

求婚者2：

（对尤里克莱亚）你看这玩意有啥用？

尤里克莱亚：

《早安，奥林匹斯》是我最喜欢的节目。

雅典娜：

……我们生长在一个大多数高端职业依然被男神垄断的时代。我们被很多事情拖了后腿。体制性的障碍、刻板僵化的程序、糟糕的公共政策让我们几乎插手了所有国家的内政……这一切都拖了我们的后腿。但是同时，我们也被内部的原因拖了后腿。我们被我们需要承担大多数家务、照顾孩子的事实拖累。男神们掌管天气、海洋、死亡、治愈、战胜、火焰、锻造，而女神们负责什么呢？婚姻、爱情、美丽、生育、火炉。

尤里克莱亚：

没错！

雅典娜：

……为了使女神在议会中能够越来越多地坐上谈判桌，我们也需要更多的男神走向厨房。有许多年轻女神向我请教，我告诉她们，跟任何你喜欢的人谈恋爱，跟疯狂的男孩子谈恋爱，跟害怕承诺的男孩子谈恋爱，都没关系。但是当你在选择人生伴侣的时候，选一个支持你事业的男人，这意味着你能少换一半的尿布。即使你已经结婚了，婚姻也可以变得更平等。比如说，你想跟老婆做爱吗？先把衣服洗了。

【尤里克莱亚大笑鼓掌。

尤里克莱亚：

不愧是智慧女神。

求婚者 3：

尤里克莱亚，你有过男人吗？

主持人：

（紧张地笑）这是档早间节目。有些话不适合……这可是档早间节目。

雅典娜：

（坚持）我不认为有什么不妥！

主持人：

（打圆场）不过那的确是有科学依据的。

雅典娜：

的确有科学依据。研究表明妻子的性感程度，与丈夫是否承担家务大有关系。

求婚者 3：

尤里克莱亚，你这辈子有过男人吗？

求婚者 1：

尤里克莱亚还是个处呢。

求婚者 3：

什么？真的吗，尤里克莱亚？

尤里克莱亚：

是吗，那哪儿来的一群儿子在跟我一块儿看电视呢？

【求婚者们大笑。

求婚者 2：

你为什么不结婚呢，尤里克莱亚？

尤里克莱亚：

雅典娜也没结婚，你们怎么不去问她？

求婚者 3：

我听说你跟老国王有点什么。

尤里克莱亚：

住嘴。拉提斯从来没有背叛过他的妻子！

求婚者 1：

哎哟。处子之家啊。你，佩内洛普，特洛马克……过去的整整二十年里，没有一个有过性生活。希望至少奥德修斯在外面有戏。

雅典娜：

……我不想假装为所有人提供答案。这本书也不包含对任何人的批判。有些女神选择做家庭主妇，因为那使她们更快乐。大神庙不是为她们准备的，但“站出来”的**精神**是的。别提前离场，不管你是女神还是凡人妇女。

主持人：

说得太好了，感谢掌管智慧、勇气、灵感、文化、法律与正义、战争、数学、强壮、策略、艺术、工艺和技巧的女神。谢谢你今天加入我们，雅典娜。

雅典娜：

这是我的荣幸。谢谢大家。

求婚者 1：

现在能去给我拿啤酒了吧？

求婚者 2：

好尤里克莱亚，也给我拿一瓶。

求婚者 3：

可乐，无糖的，加青柠。

【求婚者 1 转台。

尤里克莱亚：

哦。（她起身）对了……你们觉得，我是个职业女性还是家庭主妇？我琢磨着，我有工作，不过我的工作是做家庭主妇。

求婚者 3：

我觉得你想多了。你是个奴隶。

尤里克莱亚：

我早晚给你饮料里下毒。

【求婚者们大笑。

第九场

人物：

特洛马克

莉莉——十六岁的特洛伊女孩

特洛伊男人

警卫一号

警卫二号

场景：

墓地

【特洛马克躺在地上，毫无知觉，旁边是个没有名字的小墓碑。

【突然，他猛抽一口气，惊醒。

【他起来，迷惑地环顾四周，好一会儿才看清四周的环境，更迷惑了。

特洛马克：

我在哪儿？我怎么在这儿？

【他试着走出墓地，但是它就像没有尽头一样。他跑啊跑啊，四周却依然是墓地。

【他试着跑快一些，跑了很久。前方依然是无边无际的墓地。

特洛马克：

见了鬼了？

【脚一滑，他跌倒。一块大型的墓碑在他身侧。他查看墓碑上的铭文。上书——

特洛马克：

“一个好儿子、好丈夫和好父亲。——赫克托耳”赫克托耳？赫克托耳不是在特洛伊吗？

【特洛马克突然意识到了什么，他查看另一块大墓碑。墓碑上书：

特洛马克：

“我见证了我孩子的死亡。——赫库芭”

【他查看了另一块大墓碑，尽管这块被砸烂了，但上面的墓志铭依稀可见：

特洛马克：

“对不起……——帕里斯”

【另一块墓碑：

特洛马克：

“**让你们不听我一句！**——拉奥孔”（猛然意识到）这里是特洛伊！

【特洛马克恐惧地在墓地里狂奔。过了很久，就在他精疲力竭快要昏倒的时候，一栋灯火通明的大宅子出现在前方。一个年轻的女人站在房子外面向他招手。

【特洛马克兴奋地招手回应。

莉莉：

嘿！你好！

特洛马克：

你好。

莉莉：

你是希腊人？

特洛马克：

是啊！

莉莉：

你看上去不像希腊人。

特洛马克：

为什么不像？我是从伊塔卡来的。

莉莉：

你看着穷。你这是要进俱乐部吗？

特洛马克：

什么俱乐部？

莉莉：

还有哪个俱乐部？希腊俱乐部啊！

特洛马克：

那是什么？我不知道。

莉莉：

我能跟你一块儿进吗？

特洛马克：

行啊。

【莉莉熟练而亲昵地挽着特洛马克的手臂，带他走向大房子。一个特洛伊男人在附近游荡。他猫着腰，鬼鬼祟祟接近特洛马克。

特洛伊男人：

（低声）有希腊币吗？希腊币？希腊香烟？希腊香烟？

莉莉：

滚远点！（对特洛马克）别理他。

特洛伊男人：

小婊子，又不关你的事！

莉莉：

他是我的男朋友！是从伊塔卡来的！

特洛伊男人：

哈！婊子真会做梦。（对特洛马克）先生，我给的价可是全城最好的。有希腊币吗？

特洛马克：

没有……你要希腊币有什么用？

【特洛伊男人大笑。

特洛伊男人：

你他妈在说笑吗？

莉莉：

（拉一把特洛马克）我们走。

特洛伊男人：

（对他们的背影喊道）嘿小婊子，好眼力！盯好这个男人！那么蠢，肯定是个有钱的！

【两个警卫在门口拦住了特洛马克和莉莉。

警卫一号：

先生，请出示您的证件。

【特洛马克把身份证拿给他看。

警卫一号：

伊塔卡？我也是从伊塔卡来的。

【警卫一号向特洛马克敬礼，放了他进去，却拦下了莉莉。

警卫二号：

特洛伊人不得入内。

特洛马克:

为什么?

警卫一号:

这里只对希腊人开放,先生。

莉莉:

喂!我跟他一起的。

特洛马克:

她是跟我一起的。

【他们对莉莉放行。莉莉当着他们的面响亮地亲了特洛马克一口,然后趾高气扬地进去。

第十场

人物:

特洛马克

莉莉

侍者

其他客人 / 年轻的希腊军官

场景:

希腊俱乐部的一楼餐厅

【莉莉领着特洛马克在一张桌子旁坐下。她兴奋极了。周围是正在用餐的年轻希腊军官。侍者走来。

侍者:

请问要喝点什么?

特洛马克:

其实我身上没带钱。

侍者:

这里所有东西都是免费提供的，先生。您为国征战，这是对您的感谢。

特洛马克:

但是……我没有为国征战过。

侍者:

那请容我冒昧地问一句，先生您为什么来这鬼地方?

特洛马克:

我在找我的父亲。他的名字是奥德修斯。你知道他吗?

侍者:

我当然知道！他是个传奇，先生！真正的大英雄！您是他的儿子？我无比崇拜令尊！要不是他我们绝不可能赢下这场战争！您想吃什么想喝什么，就可劲儿地点吧先生！

【侍者激动地流出了眼泪。

特洛马克:

谢谢。那就……来杯咖啡吧。

莉莉：

给我来一大杯咖啡，多多地放糖和奶！再来一杯可乐！加冰！还要一杯啤酒！不要当地啤酒，要希腊啤酒！

侍者：

马上就来！见到您我太激动了先生！

【侍者下。

莉莉：

哇！刚才可真酷！

特洛马克：

你到底是谁？

莉莉：

哦！我叫莉莉。这么说，你就是奥德修斯的儿子？

特洛马克：

是的。我叫特洛马克。

【侍者端来饮料。

侍者：

先生请慢用！

【莉莉兴奋地喝她的可乐和啤酒。

莉莉：

（没心没肺地）我知道你爸。我爸就是他杀的。

【她边说，边把牛奶全部倒进咖啡，再加十块方糖。然后把剩下的方糖倒进了乳沟里藏着。

特洛马克：

噢……

莉莉：

怎么了？我喜欢糖。

特洛马克：

对……对不起。

莉莉：

（轻笑）别傻了。不是你爸，也会有其他人把他杀了。运气好，在战争里活了下来，他也会自杀。不自杀，这年头他早晚会饿死。所以，杀了就杀了。

我真爱喝希腊啤酒。本地啤酒一股尿味。没准他们真往里面撒尿。

特洛马克：

你恨我们吗？

莉莉：

我妈抢救济粮的时候被另一个特洛伊女人打死了。我是不是也该恨我的同胞呢？我总不能把全人类都恨上吧。

特洛马克：

你希腊语说得很好。

莉莉：

我经常练口语。我喜欢跟你们希腊人混在一起。至少你们身上是香的。特洛伊男人太脏太臭了。他们从不洗澡，肚子里一包火。自己没本事喂饱老婆孩子，可一旦要是发现老婆孩子跟希腊人乞讨食物，回来就往死里打。一群失败者。我最恨失败者。对了，要说我恨谁，就是这个了，失败者。

特洛马克:

他们为什么要把这地方建在墓地里?

莉莉:

什么墓地?

特洛马克:

这里四周是一个好大的墓地。

【莉莉大笑，抚摸他的脸。

莉莉:

你真可爱。整个国家都是墓地啊！这是全国唯一的一栋房子！

特洛马克:

可是，你住哪儿?

莉莉:

我爸妈的棺材里。或者，有时候遇到像你这样的好人，我就能在这儿过上一晚。

【她向他挤挤眼睛。

特洛马克:

那你吃什么呢?

莉莉:

和大家一样，吃死人。(大笑) 不是直接吃。瞧你的表情!

耗子吃死人，我们吃耗子。我们变成死人之后，耗子吃我们，其他人吃耗子。循环往复，生生不息。

【她从乳沟里掏出一块方糖咀嚼。特洛马克有些反胃。

莉莉：

你还好吗？唔～我顶喜欢吃糖！只有希腊币能买到糖。给我说说你在家都吃什么。

特洛马克：

我？没什么，就是普通的食物呗。

莉莉：

给我说说！我要听！

特洛马克：

好吧……我们吃鱼比较多，因为伊塔卡临海。我们吃三文鱼，黄尾鱼，鲶鱼，金枪鱼，鲈鱼，虾……

莉莉：

天哪。我们这儿已经没有活鱼了。你们把鱼怎么做呢？

特洛马克：

我不知道。我不进厨房的。不过我能吃出来，里面大致放了榛子，新鲜的罗勒叶，蒜，柠檬汁，初榨橄榄油……

莉莉：

（如同全身欲望被点燃一般）太疯狂了。爽疯了！接着说。

特洛马克：

……低脂酸奶，佩科里诺干酪，犹太盐，新鲜的黑胡椒，还有新烤的土豆。

莉莉：

那你们喝什么？

特洛马克：

配鱼的话，通常是喝白葡萄酒。我个人推荐霞多丽，法国勃艮第产的最好。味道浓郁，有种特别的榛子香。

【莉莉呻吟。

莉莉：

我打赌特洛伊男人这辈子连听都没听说过霞多丽。接着说，别停。

特洛马克：

（越来越自信，越说越自如）我们有时候晚餐吃牛排。你一定听说过，伊塔卡有着浓密肥沃的草原。

莉莉：

（呻吟）啊。

特洛马克：

我一般吃五成的肋眼牛排。

莉莉：

我要十成！

特洛马克：

不。五成指的不是大小，是几成熟：全熟，七成熟，五成熟，三成熟，一成熟。

莉莉：

哦。那我要三成熟的！或者更生一点。我吃惯了生肉。

特洛马克：

好的。一份五成熟的给我。一份三成熟的给你。你要蘑菇酱吗？

莉莉：

要的！我们喝什么？

特洛马克：

红葡萄酒。吃红肉的时候喝红酒。我喜欢赤霞珠，但是只有波尔多产的才好。有人跟我说纳帕山谷和智利产的赤霞珠也是上品，别开玩笑了！

【莉莉跟着一起大笑以支持他的观点。

特洛马克：

在波尔多，它总是被混合调制以平衡其中强烈的丹宁酸。

莉莉：

丹宁酸？

特洛马克：

一种涩味。

莉莉：

哦！（练习发音）丹宁酸。丹宁酸。……你长得真帅。

特洛马克：

是吗？

莉莉：

你说起话来像个王子。

特洛马克：

我是个王子。

莉莉：

我就知道！

【唱片机音乐起。

特洛马克：

（羞涩地）你愿意……跟我跳支舞吗？

莉莉：

我非常愿意跟你跳舞。

【他们站了起来。

【他们跳舞。方糖从莉莉的胸间漏下，从她裙下扑簌簌落出来，掉到地板上。

特洛马克：

你父母的事情，我很抱歉。

莉莉：

其实我是个公主。

【更多方糖从她胸间漏下，从腿间掉落。特洛马克笑了。

特洛马克：

嗯，你是。

莉莉：

不。我真的以前是个公主。

特洛马克：

噢……（他愣住）

莉莉：

再给我讲讲好吃的。靠近一点。贴紧我的耳朵讲。

【他们脸贴脸跳舞。

信件九：佩内洛普给特洛马克的信

【音乐继续。

亲爱的儿子：

你到哪儿去了？我听说你在特洛伊。你去那儿做什么？那是死亡之地。全是恐怖分子。快回来吧。别让我担心。

今天，你爸爸的朋友墨涅拉俄斯和海伦过来了。你还记得他们的女儿赫米温妮吗？我记得你小的时候你们俩见过一面。她现在是个漂亮的大姑娘了。她在斯巴达大学读大二，艺术系。我想你们会喜欢对方的。你父亲看到你们俩在一起也会高兴的。你不再是个孩子了。伊塔卡的王子和斯巴达的公主。真好。

我把你的信用卡重新激活了。去买张票回家吧。

爱你的，

妈妈

第十一场

人物：

特洛马克

莉莉

侍者

场景：

希腊俱乐部一楼餐厅

【特洛马克单膝跪在莉莉面前。

特洛马克：

你愿意嫁给我吗？

莉莉：

那是不是我就能拿到伊塔卡公民身份，成为希腊人了？

特洛马克：

不。我会成为一个特洛伊人，跟你扎根在这儿。

莉莉：

什么？你想当特洛伊人？没人想当特洛伊人！

特洛马克：

为什么你会想当希腊人？我们对你们做了那样的事！我厌恶我的祖国！我们的手上满是鲜血！

莉莉：

希腊什么都比这里强！工资更高，社会福利更好，空气也好，连天都更蓝！人有礼貌又有文化。我听说如果你在伊塔卡的路上丢了钱包，人家会找到你还回来。不像这儿，个个为了一块面包打得你死我活。带我离开这个鬼地方吧，亲爱的！我的同胞已经死了但我还活着！

特洛马克：

不，莉莉。别这么想！这是你的祖国！我爱你。我的祖国对我来说已经死了，我会把这个国家当成我的祖国。我会竭尽毕生来重建特洛伊，偿还我父亲欠下的血债。

莉莉：

没什么好重建的！特洛伊完了！你爸精心设计，到处都是核辐射，这片土地永无翻身之日！看看窗外！你能做什么？翻新墓碑吗？（停顿）等等。我知道你能做什么了，炒汇和走私烟草！现下最红火的行当就是这些了！我们开个贸易公司！

特洛马克：

不。我不是这个意思。我最看不上的就是钱了。我生来就家财万贯，你不记得了？我渴望更为伟大的事业！我想要造福特洛伊人民！我在大学学的是城市规划。我相信我们能改造这里！是时候发起一番变革了！

莉莉：

你说的我不懂。那我们至少能继续住在这房子里吗？我不想回到墓地去。

特洛马克：

不，我们要走！我不想待在这个充满战犯的肮脏地方！我不愿再从家里拿一分钱！

【他从口袋里拿出一张信用卡，把它折成两半。

莉莉：

要走你走。我不走。

特洛马克：

求求你支持我的理想。

莉莉：

我不。（对服务生）再给我拿罐可乐。

特洛马克：

跟我走吧，莉莉。

莉莉：

我待这儿挺好。

【特洛马克叹气，然后离开。

【侍者来到莉莉身边。

莉莉：

一罐可乐，再来点薯条。

侍者：

小姐，你必须离开。你只能作为希腊人的陪同待在这里。

莉莉：

他刚刚跟我求婚了。你没看见吗？我是他老婆，我是希腊人了。我想待多久就待多久。

侍者：

不。你不是。请离开。要不我就叫警卫了。

【莉莉离开。

信件十：佩内洛普给特洛马克的信

特洛马克：

怎么回事？你为什么没回家？外面到底有什么诱惑能把你们一个个都拴住？我等了又等，等了又等，等了又等。快要把我逼疯了。你跟你父亲一个样！

今天是我四十岁生日。你不在。你父亲不在。只有尤里克莱亚和那些求婚的陪着我。他们给我办了个派对。我突然意识到，我现在就只有他们了。只剩五十个留了下来。我用了头十年摆脱那些男人，然后用接下来的十年留住他们。我不要人们像同情一个弃妇一样同情我。假如你父亲有一天回了家，我要让他看看，我还是很有魅力的，我还有选择。男人就喜欢这样。他们喜欢自己的东西被别人渴求，但是依然属于自己。

可我这辈子还剩几个二十年呢？我受够了。今天我就要在他们中间选一个丈夫。我决定了。或者更妙，选个男朋友！到了今天这一步，我他妈的不在乎了。没错！你妈就是说脏话粗话了。你回来、不回来，我他妈的不在乎。我今晚是喝多了！但我从来没有这么清醒过。

我。他妈的。不在乎。

【歌曲《我是女人》的卡拉 OK 伴奏响起。（参考电影《欲望都市 2》在夜总会里的卡拉 OK 场景）

佩内洛普：

（醉醺醺地）嘿！这首是我的歌。给我支麦克风！嘿！谁给我拿支麦克风来！

【有人给了她一支麦克风。

佩内洛普：

（唱）

I am woman, here me roar

In numbers too big to ignore

And I know too much to go back an' pretend 'Cause I've heard it all before

And I've been down there on the floor

No one's ever gonna keep me down again

【我是女人，听我吼

我岁数大到你无法忽略我

我懂得了太多，再也无法假装回去

我什么话都听过

也狠狠摔倒过

如今再没人能让我低头

【雅典娜上台，跟她一起唱。

雅典娜：

（唱）

Oh yes, I am wise

But it's wisdom born of pain

Yes, I've paid the price

But look how much I gained

If I have to, I can do anything

I am strong (strong) I am invincible (invincible) I am woman

【没错，我智慧

但这智慧来自疼痛

没错，我是付出了代价

但看看我收获了多少

只要我想，我能做任何事

我强壮（强壮），我坚不可摧（坚不可摧）

我是女人

【海伦出现，加入卡拉OK。

海伦：

（唱）

I am woman watch me grow

See me standing toe to toe

As I spread my lovin' arms across the land

【我是女人，你看我成长

看我稳稳站立

张开双臂把爱洒满这片土地

【尤里克莱亚加入演唱。

尤里克莱亚：

（唱）

But I'm still an embryo

With a long, long way to go

Until I make my brother understand

【然而我依旧是颗种子

前面的路还很长

总有一天我能让我的兄弟们理解

一起（唱）:

Oh yes, I am wise

But it's wisdom born of pain

Yes, I've paid the price

But look how much I gained

If I have to, I can do anything

I am strong (strong) I am invincible (invincible)

I am strong (strong) I am invincible (invincible) I am woman

【没错，我智慧

但这智慧来自疼痛

没错，我是付出了代价

但看看我收获多少

只要我想，我能做任何事

我强壮（强壮），我坚不可摧（坚不可摧）

我强壮（强壮），我坚不可摧（坚不可摧）

我是女人

第十二场

人物：

特洛马克

众特洛伊男人

莉莉

场景：

墓地

众特洛伊男人：

嗨——嗨哟——嗨哟！

【特洛马克衣衫褴褛，满脸胡楂，带领一队特洛伊男人在地上开荒。特洛伊男人们一边用力，一边合唱劳动号子。

【莉莉挺着大肚子。她远远地看着他们，跟身边的人聊天。

特洛马克：

这土地甜美，如鲜血般甜美。这土地丰腴，如肉体般丰腴。——兄弟们，未来在我们手里。只要再过一百年！

众特洛伊男人：

嗨——嗨哟——嗨哟！

莉莉：

（对她旁边的女人）看，那就是我男人。哪怕是几百个男人中，你也能一眼认出他来。他是那么不一样。我的男人是不一样的。

特洛马克：

这土地厚实，如乌云般厚实。这土地寂静，如风暴般寂静。——我的兄弟们，未来在我们手里。只要再过一百年！

众特洛伊男人：

嗨——嗨哟——嗨哟！

莉莉：

（对她旁边的女人）他穿着和他们一样的衣服，说着一样的语言，吃着一样的东西，但是他是不一样的。那些男人没有一个还有梦，他们的梦很早以前就死了，但是他还有梦。我的男人有梦。

特洛马克：

这土地富足，如你死去的父亲般富足。这土地纯洁，如你被凌辱的母亲般纯洁。——我的兄弟们，未来在我们手里。只要再过一百年！

众特洛伊男人：

嗨——嗨哟——嗨哟！

莉莉：

（对她旁边的女人）他掌握的知识比这个国家所剩下来的加

起来都多。他念过大学。过去二十年里，你见过哪个男人读书吗？他有修养。我打个喷嚏，他会说："保佑你。"他打个嗝，会说："抱歉。"我在床上哼一声，他都会问："我弄疼你了吗？"他是那么高贵。我的男人是高贵的。

特洛马克：

死去的已经腐坏了，年轻的正值新生。——我的兄弟们，未来在我们手里。只要再过一百年！

众特洛伊男人：

嗨——嗨哟——嗨哟！

莉莉：

（对着她身边的女人）等我家宝宝一生下来，我们就要一起搬去伊塔卡了。伊塔卡的学校棒极了。所有小孩都能上学。他们教你有用的和完全没用的东西，但是那些没用的东西会让你成为更好的人。我们会住在宫殿里。他的父亲是神。他的母亲是圣母。而我是他的妻子，我是个公主。

众特洛伊男人：

嗨——嗨哟——嗨哟！

嗨——嗨哟——嗨哟！

嗨——嗨哟——嗨哟！

嗨——嗨哟——嗨哟！

嗨——嗨哟——嗨哟！

【灯光变化。

【莉莉在一个墓穴里生产。特洛马克坐在她身边。莉莉尖叫。

莉莉：

啊——疼死了！

特洛马克：

坚强点！产婆在路上了！

莉莉：

啊——操！跟我说点什么！说点什么！

特洛马克：

好！好！我说什么呢？对了！这个月我们又开垦了三亩地，种上了硬木树。再过不到五十年，我们就能造出第一栋房子了。

莉莉：

啊——！不想听那个！

特洛马克：

那你想听什么？哦！我教会了他们选举！假如我们能从当地人里面选出一名领袖，这不仅能改善社会，还能向希腊人展示我们自治的决心和能力。

莉莉：

啊啊啊！你就不能闭嘴吗？

特洛马克：

你想要听什么呢？告诉我你想听什么亲爱的！

莉莉：

告诉我你在家是怎么烧鱼的。不要漏掉一点细节。

特洛马克:

但是我不记得了。那是很久以前的事了。

莉莉:

啊——！我不管！告诉我！

特洛马克:

让、让我想想。跟榛子一起烧……放罗勒叶……呃……还有大蒜……

莉莉:

柠檬汁！

特洛马克:

柠檬汁。初榨橄榄油……低脂酸奶、奶酪……

莉莉:

佩科里诺干酪！（用力）啊——！

特洛马克:

佩科里诺干酪！还有犹太盐，新鲜黑胡椒，还有新烤的土豆。

莉莉:

啊——！等到了伊塔卡，咱们第一顿吃什么！（用力生孩子）啊——！操操操操！你会搭配什么喝的？

特洛马克:

（紧张，几乎哭了）我不记得！

莉莉:

霞多丽！你喝霞多丽！（努力生孩子）啊——！

特洛马克:

是！是！勃艮第产的，法国勃艮第。它们的味道集中浓郁，还有……还有榛子的芳香……

【婴儿哭声。特洛马克从莉莉的裙下抱出一个宝宝。

特洛马克:

成功了！成功了！天哪！是个男孩儿！……莉莉？莉莉？

【莉莉死了。

【特洛马克惊住了。全然不知所措。他看向四周像在求助。但四周空无一人，只有一个个坟头。他把孩子放下。

【他崩溃了。

【他像逃一样弃孩子和莉莉的尸体而去。孩子大哭。他又回来了。

【他下定决心。离开。

【过了很久很久。

【突然他像疯了一般狂奔回来。抱起了孩子，带他一起离开。

第十三场

人物：

佩内洛普

尤里克莱亚

特洛马克

众求婚者

陌生人

场景：

伊塔卡宫殿的客厅

【求婚者们和尤里克莱亚聚集在客厅。佩内洛普着新娘礼服，站在他们面前，手里拿着个抽奖盒。她摇晃盒子。

佩内洛普：

现在我宣布，获奖者是——

【所有人屏住呼吸。佩内洛普从盒子里抽出一张奖券。

佩内洛普：

281876号。

【一名求婚者激动地跳了起来，周围所有人都给他拥抱。他来到台前。

佩内洛普：

作为二等奖获得者，你将会获得一部崭新的本田奥德赛汽车，以及在加州棕榈泉度假村豪华景观房的两晚住宿！

281876号求婚者：

哇！

佩内洛普：

感谢您过去二十三年里的不懈坚持！希望我们以后能继续做朋友！

【他们握手。

佩内洛普：

如果到现在为止，获奖的人里还没有您，那恭喜您，准备好迎接更大的惊喜吧！因为终于到了揭晓头奖的时刻了！获奖者将获得跟我结婚的资格！以及——伊塔卡的王位！还有——这座宫殿的产权！

【求婚者们欢呼。佩内洛普摇晃盒子，然后抽出一张奖券。所有人屏住呼吸。

佩内洛普：

获奖者是——879289号！

【没人起立。所有人纷纷核对自己的奖券，然后四处张望。

佩内洛普：

879289号？

求婚者1：

估计他走了。

【求婚者们欢呼。

求婚者2：

重新抽一个！

佩内洛普：

噢。（停顿）好吧。真是遗憾。等了二十三年，在最后关头放弃了。他要是知道自己错过了什么，得把肠子都悔青了。

求婚者 1:

真是个大傻瓜。

【佩内洛普把手伸进抽奖箱正准备再抽一张。大门响起一声敲门声。所有人转身。

【尤里克莱亚打开门。

【特洛马克站在外面，抱着孩子。他比过去老多了，身上透着饱经沧桑的痕迹。所有人注视着他。

佩内洛普:

先生，请问您是879289号吗?

特洛马克:

妈妈，我是特洛马克。

【佩内洛普双手颤抖。抽奖箱掉在地上。

佩内洛普:

我的孩子。

尤里克莱亚:

天哪。

【尤里克莱亚拥抱他。婴儿大哭。

特洛马克:

这是我的儿子。

佩内洛普:

什么？我有孙子了？尤里克莱亚，咱们当奶奶了！

【他们三人拥抱。

佩内洛普：

你这些年都去哪儿了？我们以为你死了！孩子的母亲在哪儿？我的儿媳呢？

特洛马克：

我这些年都在特洛伊。我的妻子是特洛伊人。她昨天死了。我想，是时候回来了。特洛伊不是个适合孩子成长的地方。

佩内洛普：

他看上去跟你小时候一模一样！

尤里克莱亚：

我太开心了小屁屁。你长大了。你变成大人了。

【她亲吻特洛马克和孩子。

求婚者 2：

喂喂喂！这怎么回事？这奖还抽不抽了？

佩内洛普：

哦，对了。（对特洛马克）稍等，我们这儿还没结束。我今天要结婚。

特洛马克：

噢。

佩内洛普：

是啊……真不凑巧。

特洛马克：

不不，没事，妈妈。去吧，你应该得到幸福。

佩内洛普：

你确定吗？如果我再婚了，你就无法继承王位了。（停顿）也许我至少应该把房子留给你。

求婚者 2：

反对！说好了房子是奖品嘛，不能说话不算话！

特洛马克：

别担心，妈妈。我说真的。我不在乎金钱和地位。在过去的三年里我谁也不是，而我却从来没有活得那么开心过。去吧。去做能让你开心的事。

佩内洛普：

你让我刮目相看了，孩子。

求婚者 1：

我才不相信他真这么想。总有一天他会后悔的。

求婚者 3：

他那个婴儿我看是个隐患。

佩内洛普：

真是美好的一天！我又成为一个母亲了，还成了一个奶奶。很快，我还将成为一个新娘！人生真是美好！在我们抽出最后的大奖之前，尤里克莱亚！拿瓶香槟来！我想要向各位祝酒！特洛马克先不要喝酒，给他盛点鸡汤补补，然后给宝宝准备牛奶。

【尤里克莱亚下。

佩内洛普：

我来看看谁最像一个好老公。

【佩内洛普走到求婚者中，与他们调情。

【尤里克莱亚拿来了一瓶香槟。求婚者打开了酒。所有人欢呼。尤里克莱亚给除了特洛马克以外的所有人倒了杯酒。

佩内洛普（举起玻璃杯）：

为团圆干杯！

所有的求婚者一起（举起玻璃杯）：

为团圆干杯！

【他们喝了酒。佩内洛普仅仅用嘴唇碰了一下杯沿。

佩内洛普：

好了，抱歉。我累了。晚安。

求婚者 1：

什么？

求婚者 2：

但是宝贝，你还没抽完奖呢！

佩内洛普：

哦，对。

【她把剩下的香槟倒进了抽奖箱里。

佩内洛普：

好了。

求婚者 3:

你喝醉了吗?

【突然间,所有求婚者感到喉咙一阵剧痛,喘不过气来。他们挣扎,吐血,跌倒。死了。特洛马克震惊。

佩内洛普:

搞定。

【佩内洛普和尤里克莱亚击掌。

【佩内洛普抱起孩子,然后温柔地摇晃。

佩内洛普:

嘘,我的小王子。你的王国是安全的。

特洛马克:

你为什么这么做? ? ?

佩内洛普:

王位不是一份说放弃就放弃的财产。它是你生而注定的命运。特洛马克,你不是小人物,也永远不会是。你是这个家的儿子。随之而生的一整份命运,你必须继承它,拥有它,承受它。就像我,像你的祖父母,像之前这个房子里住过的祖先,像历史上的所有人一样。你必须承受它。

今天,你成了新一任国王。

【尤里克莱亚递上王冠。佩内洛普把它戴在特洛马克头上。佩内洛普和尤里克莱亚跪下。

佩内洛普、尤里克莱亚：

愿国王圣治不绝，万寿无疆。

【特洛马克亲吻她们的前额，然后扶她们站起来。一声敲门声响起。

【他们看了看屋子里的尸体，飞快地交换了一个眼神。尤里克莱亚打开了门。

【一个陌生的中年人站在门口。

陌生人：

你好。

佩内洛普、特洛马克、尤里克莱亚：

你是？

陌生人：

我回家了。

尤里克莱亚：

抱歉，您找谁？

陌生人：

我回家了。是我。奥德修斯。

佩内洛普：

谁？

陌生人：

奥德修斯啊！见鬼，你的丈夫！你一直在等的那个男人！

佩内洛普：

我没有丈夫。我之前是在等一个人，不过他已经回家了。你又是谁？

陌生人：

（对特洛马克）特洛马克？你是我的儿子特洛马克？你都已经长这么大了！你这些年来一直在找我！现在我回来了！

特洛马克：

我之前是在找一个人，不过当我抱起我的儿子的时候，我已经找到了。你又是谁？

陌生人：

尤里克莱亚，好尤里克莱亚！我的膝盖上有个疤，你要是看到的话，你会认出我来的！你不记得给我洗脚了吗？

尤里克莱亚：

喂！不要跟我来“好尤里克莱亚”这一套！我再也不给任何人洗脚了！现在的男人得自己洗脚去！

陌生人：

我是你的英雄、你的主子、你的父亲！你们都不记得我了吗？其实我这些年都在暗地里观察你们！你们不知道，其实我一直都住在隔壁。我很高兴你们证明了自己的忠贞。

特洛马克：

先生，我觉得您找错门了。请离开。

陌生人：

我给你带了礼物。一大堆旅游纪念品。还有很多神奇的故事要给你们讲。

【尤里克莱亚关上了门。

【陌生人不断地敲门。尤里克莱亚锁上了门。

尤里克莱亚：

这人可真怪。

佩内洛普：

我们先睡吧。明早起来再处理这些尸体。

特洛马克：

真不敢相信我回家了。一切闻起来都那么熟悉。我真高兴。

佩内洛普：

我也是。

尤里克莱亚：

我也是。

佩内洛普：

晚安。

尤里克莱亚：

晚安。

特洛马克：

晚安。

【他们一盏盏关上灯，然后下场回到各自屋里。敲门声在黑暗中持续。

【最终，敲门声停了。

【剧终】

2014 年 6 月 10 日，英文创作于纽约

2015 年 4 月 16 日，张冰琪 * 译为中文

* 张冰琪：江苏南京人，毕业于南京大学戏剧影视文学系，现任职于江苏大剧院。

首演信息

本剧于 2016 年 10 月在南京大学黑匣子剧场首演。导演：Gerhard Dressel、吕效平。灯光设计：贤骥清。编舞：顾芳。舞美设计：孙渤。服装设计：张珣。造型设计：张月琼。音效设计：王煜聪。投影技术：李劼。舞台监督：娄格。演员名单如下：

徐浩霖：特洛马克

温方伊：佩内洛普、情人节舞会出席者

丁　洁：尤里克莱亚、特瑞西阿斯、情人节舞会出席者

陈元元：雅典娜、某某太太

纪莹莹：海伦

朱　超：墨涅拉俄斯

李　月：莉莉、情人节舞会记者

秦立鹏：新闻播报员、求婚者、情人节舞会出席者、特洛伊男人、希腊俱乐部警卫、陌生人

王　玮：求婚者、情人节舞会出席者、特洛伊男人、希腊俱乐部警卫、防化人员

钱宇轩：求婚者、雅典娜保镖、快递员、无臂男人、特洛伊男人、希腊俱乐部侍者

刘洪书：求婚者、雅典娜保镖、情人节舞会出席者、特洛伊男人、希腊俱乐部侍者

殷思源：特洛马克二号

凤永刚：脱口秀主持人

才　彤：情人节舞会摄影师

本剧灵感部分来源于作者在将荷马史诗《奥德赛》改编为话剧《奥德赛：为爱回归》* 的工作坊中与合作者之间的对话。

---

*《奥德赛：为爱回归》是一个由 Jiyoun Chang，Melissa Cooper，Eric Nightengale，Becca Poccia，Marios Theocharous 和朱宜合作创造的作品。

哥本哈根动物园里一头
年轻健康的长颈鹿安乐死了

第一场

人物：

马里乌斯——两岁的公长颈鹿

爸爸——十岁的公长颈鹿

妈妈——十岁的母长颈鹿

黛安——三岁的母狮

场景：

哥本哈根动物园的长颈鹿区里，稍后转换成狮区

时间：

夜晚

【爸爸和妈妈一边舔着马里乌斯的脸和身体，一边说话。演员的手臂不要动，仅动腿和头，就跟长颈鹿一样。

妈妈：

你外公被狮子吃了，所以你外婆就跟她三叔好了，生下你大姨阿莉娅。你大姨阿莉娅在跟她侄子索弗约会的时候被强暴，生下了你的表姐也就是你的外甥女范妮雅，还有你的表哥也就是你的外甥努卡。然后呢，范妮雅和努卡结婚以后，就生下了你的……你的……辈分我也算不清了。反正就是那个托比宝宝。

唉，我真想他们！我真想他们啊！

爸爸：

我也是。好多年没见了。

马里乌斯：

（震惊中）你为什么要告诉我这些？！为什么？？我不要听！

妈妈：

马里乌斯宝贝儿，爸爸妈妈只是不希望你讨厌自己。

爸爸：

对，没什么好羞耻的！

马里乌斯：

这是不对的。这是不对的！你们怎么能这样活着？不知廉耻！就没有一点基本的自制力吗？你们为什么要这样对我？爸爸，世上是有法律的！这里是哥本哈根，不是丛林里了！欧洲动物园和水族馆协会严令禁止近亲交配！你们怎么能这样无知！

爸爸：

你给我闭嘴！别以为你在城里长大，就能开口闭口一套套来教育你老爹了！你懂什么。有什么资格跟我说丛林？你在丛林里待过一天吗？啊？啊？老子就是从林里来的！林子里土生土长的野生长颈鹿，跟你妈一起被抓过来的！哦，我们不配给你当爹妈了是吧？一口土话，丢你的脸了是吧？看看你，动物园园二代的臭毛病！

【妈妈用鼻子顶爸爸屁股。

妈妈：

亲爱的，别发火，别发火。哦，你出汗的时候闻起来可真性感。

【妈妈和爸爸互相嗅对方的私处和腋下。

马里乌斯：

动物园已经决定了，明天一早就要把我杀掉！我要死了！而你们一点都不在乎！

【妈妈和爸爸停了下来，转而去继续舔儿子……

马里乌斯：

……（突然叫起来）啊！妈，你在干吗？你怎么可以……不行！啊！不可以！

妈妈：

对不起啊宝宝。妈妈也不知道刚才为什么会对你……好像是不太好，是吧？

爸爸：

反了你了，不许跟你妈这样说话！

马里乌斯：

我走了。

妈妈：

去哪？怎么走？

马里乌斯：

不知道。反正这儿我不能待了，不然就要死了。

爸爸：

谁说的？

马里乌斯：

报纸上都在说这事呢爸爸！你从来不看书看报！你只知道吃它们！

爸爸：

胡扯。你看那些破报纸都看傻了。动物园怎么会杀动物呢？明明是保护动物的地方。这又不是屠宰场、马戏团。别瞎想了。来，吃点叶子。

【爸爸和妈妈从一个高高挂着的篮子里吃叶子。但是马里乌斯不够高。他跳起来，还是够不着篮子。

爸爸：

哈哈哈哈哈哈，瞧他的小短脖子！

妈妈：

可真短啊，哈哈哈哈哈！

马里乌斯：

我走了！

爸爸：

（掐着嗓子奶声奶气地学他）“我走了！”哈哈哈哈哈哈哈！

【马里乌斯用脑袋撞围栏。围栏一动不动。

爸爸：

瞧这小短脖子！哈哈哈哈哈哈！

【马里乌斯踢围栏。围栏还是不动。他踢啊踢啊踢啊。妈妈加入了他。爸爸也加入了他。他们一起把围栏踢翻了。

马里乌斯：

来吧！我们一起回林子里去！

爸爸：

不去。林子里有狮子。

妈妈：

马里乌斯，我觉得动物园不会杀你的。你在林子里饿了怎么办？谁喂你树叶？

马里乌斯：

我听说丛林里到处都是树叶！

妈妈：

真的吗？

爸爸：

我不记得有啊。

马里乌斯：

妈妈爸爸再见啦！忍一忍，别再跟对方交配了。求求你们了。

妈妈：

我还是不相信你。（顿）帮我跟阿莉娅、索弗、范妮雅、努卡、托比带好！如果他们还没有被狮子吃掉的话。

【他们晃着脑袋互相告别。马里乌斯开始奔跑，他跑啊跑啊，跨过一道又一道围栏，像在跳自由之舞。突然间，他碰到了狮子黛安。黛安吼了一声。她睡得正香的时候被马里乌斯吵醒了。

马里乌斯：

哦。哦。天哪。哦。你是，你是，是什么？

黛安：

狮子。你呢？

马里乌斯：

我的天哪。我的天哪。我是在丛林里了吗？

黛安：

没有。你在动物园。你是什么？

马里乌斯：

我是，我是，我是，我我我我我是一只长颈鹿。

黛安：

我吃你吗？

马里乌斯：

我我我我听过狮子吃长颈鹿。我猜你你你你你吃的？是可以吃的？但是别！请别吃我！

黛安：

我一般只吃切好给我的肉。还没吃过活的动物呢。这倒是有点难度。（她正要吃他）对了，你半夜三更到我卧室来干什么？

马里乌斯：

我我我我我我在逃跑呢。

黛安：

哦，我知道了。你是不是刚被抓进来不久啊？别担心，你很快会习惯这里的。这里其实不错。

马里乌斯：

不是的。我是园二代。

黛安：

真的？我也是！（叹气）我懂了。身份危机。你以为你属于丛林，但听我一句，这里才是你的家。你属于动物园。

马里乌斯：

不是的。我逃跑是因为动物园明天一早就要杀掉我。

黛安：

你说什么呀？啊等等！你是马里乌斯？

马里乌斯：

是啊……

黛安：

哦。（她后退一步）

马里乌斯：

就连**你**都不想吃我！我就知道我是个怪胎！他们说我有遗传缺陷。

黛安：

不不不不，你千万别误会。我很愿意吃你。我觉得你看着特别健康。就是我晚饭刚刚吃得很饱，而且反正明天早饭我会吃你。你死了以后，他们会把你的身体喂给我吃。我听说是这么安排的。所以，也没必要现在硬吃。

【沉默。

马里乌斯：

那……现在什么打算？

黛安：

我也不知道。你要不要再回你那边？这堵墙是推不倒的。相信我，我早就试过一万次了。

【他们一块儿用力推墙，但是毫无希望。

黛安：

所以，你爸妈真的是兄妹啊？

马里乌斯：

不关你的事！

黛安：

（温柔地）对不起。

马里乌斯：

你从来没有杀过一个动物？

黛安：

没有……（紧张）是不是很怪？

马里乌斯：

不，我觉得挺好的。

黛安：

你知道他们近亲繁殖狮子吗？如果我和我的兄弟都是白色的，

那我们**必须**跟对方结婚，好生下更多的白狮子。人类什么都喜欢白的。我打赌，要是你是头白长颈鹿，他们肯定就让你活下来了。

马里乌斯：

我是白的就好了。

黛安：

反正，在我眼里，你现在这样就很好。

马里乌斯：

（有点害羞地微笑）谢谢。在我眼里，你也很好。

黛安：

我的名字叫黛安。很高兴认识你。（顿）他们从西班牙运了一头叫阿方索的雄狮来跟我生宝宝。我一点也不喜欢他。

马里乌斯：

你为什么不喜欢他？

黛安：

他好没有礼貌。而且有一次我还看到他杀了一只小鸟。真残忍。我不喜欢这样的。

马里乌斯：

我也不喜欢。那……你喜欢什么样的男生？

黛安：

我也不知道。温柔善良的吧？我还不喜欢说脏话的。

马里乌斯：

我从来不说脏话。（顿）我告诉你一件事情，你能不能保证不笑话我？

黛安：

行。

马里乌斯：

我的祖先是骆驼和豹子。

黛安：

什么？？

马里乌斯：

第一头长颈鹿是一头骆驼和一只豹子在一起生下的孩子。有一次有个游客想拿《科学》杂志喂我的时候，我从里头读到的。

黛安：

真的吗？我怎么都不会想到！骆驼和豹子在一起也可以交配吗？人类有时候让狮子和老虎一起生宝宝。骆驼和豹子也行吗？相差得也太远了吧！他们要怎么开始啊？他们之间要怎么说话？

马里乌斯：

我们之间不也在说话吗？

黛安：

也对。那我想骆驼和豹子之间也可以聊得来。

马里乌斯：

我有时候跟自己说，我的家族来自一个奇迹。

黛安：

我也这么觉得。

马里乌斯：

黛安，你多大了？

黛安：

三岁。你呢？

马里乌斯：

两岁。一般狮子能活几年？

黛安：

十年吧。

马里乌斯：

太短了。

黛安：

太短了。

【他们慢慢走近对方，突然之间，充满激情地亲热起来。马里乌斯在黛安上面。

马里乌斯：

宝宝生出来会什么样？

黛安：

奇迹一样。

【黛安把马里乌斯推倒，自己换到上位。

黛安：

我可是头狮子。

【他们做爱。暗场。】

第二场

人物：

小孩——小男孩，由第一场里马里乌斯的演员扮演。

约翰舅舅——中年男子，由第一场里爸爸的演员扮演。

母亲——中年女子，由第一场里妈妈的演员扮演。

饲养员——由第一场里黛安的演员扮演。

场景：

哥本哈根动物园的长颈鹿区前

时间：

早晨

【欢庆的音乐声中。

饲养员：

早上好！早上好！欢迎！欢迎！感谢大家前来观看安乐处死近亲繁殖的后代——长颈鹿马里乌斯。

小孩：

（拍手）长引鹿！呃！呃！长引鹿！

母亲：

周末全家人一起参加那么富有教育意义的活动真是太温馨了！

约翰舅舅：

谁想吃冰激凌？

小孩：

冰衣凌！冰衣凌！（举双手）

母亲：

吃完药药才有冰激凌吃哦。

饲养员：

为了保证欧洲的动物园拥有优质的长颈鹿种群，我们借这场安乐死敲响警钟，也表达一个积极的信念，向公众表明，让动物们健康生活是我们的首要任务，不论能活多长，或者多短。这健康包括了身体健康和行为健康。

小孩：

呃！呃！这个？（指向长颈鹿区）

饲养员：

没错！亲爱的小朋友。这就是马里乌斯。它看上去可爱又健康，但这是假象！它身体里藏着重大基因缺陷，连它未来的孩子、孩子的孩子都会遭殃。谁要一群病恹恹的长颈鹿呢？所以呀，我们不得不让它消失。等一下我们就会用一把机枪对它执行安乐死。然后呢，我们将现场进行解剖，这会帮我们对这个物种有更多的了解，比如怎样预防疾病。各位大朋友小朋友们，我们很荣幸地邀请大家一同见证这项有意义的工作。

小孩：

长引鹿！你看！约翰舅舅！你看！

约翰舅舅：

没错，我的乖孩子！这就是长颈鹿。你看，它的脖子有多长。

饲养员：

解剖以后呢，我们就把马里乌斯的肉喂给狮子吃。在野外，动物死掉以后，就是这样被别的动物吃光光，为大自然的循环做贡献。

小孩：

狮子！约翰舅舅！狮子！（模仿狮子吼）

【约翰舅舅和妈妈一起模仿狮子吼。他们一边吼，一边大笑，充满爱意地轻抚小孩。

饲养员：

兽医叔叔阿姨会一边解剖，一边讲解，为我们带来生动的一课。小朋友们，如果有问题，就举起你们的小手！好了，我们开始吧！

【游客鼓掌。饲养员下场。

小孩：

我要冰衣凌！约翰舅舅，冰衣凌！

约翰舅舅：

没问题我的宝贝！约翰舅舅给你去买，但是你要乖乖听妈妈的话哟。

母亲:

该吃药啦，做个乖宝宝，本来吃午饭前就应该吃药的。

小孩:

药药!

【约翰舅舅下场。

母亲:

嘿，别去太久！表演马上就要开始啦!

【妈妈拿出一瓶水和一盒各种颜色的药片。

小孩:

妈妈，为什么其他小孩不吃药?

母亲:

你怎么知道他们不吃?

小孩:

他们不吃。有时候他们咳嗽，打喷嚏，就吃一点点。但是我吃很多，每天。

母亲:

因为你很特别啊。只有最特别的小孩才有魔法药片吃。

【小孩吞下药片。

小孩:

约翰舅舅是我的爸爸吗?

母亲:

什么？不是！谁跟你说的？当然不是!

小孩：

公园里面的小孩说的。他们都说我，说我……我是怪胎。我吃药，因为约翰舅舅是我爸爸。

母亲：

胡说！不要听他们的！你不是怪胎。你是我最特别的天使。约翰舅舅不是你爸爸。他是你舅舅啊。你的爸爸是丹麦的一个神。不说这个了。多喝点水。

【约翰舅舅带着冰激凌回来了。

约翰舅舅：

看我带什么回来了？

小孩：

冰衣凌！

【长颈鹿园中响起一声枪响。

小孩：

呃！呃呃呃呃！长引鹿！！！！！

【剧终】

2014 年 2 月 13 日于纽约

中文版译于 2020 年 1 月 23 日上海

首演信息

本剧于 2014 年 3 月在布鲁克林的 Littlefield 表演艺术空间首演，由 TinyRhino 剧团制作。导演：Felipe Bonilla。演员名单如下：

长颈鹿马里乌斯 / 小孩	John Dewey
母狮黛安 / 饲养员	Lynne Rosenberg
长颈鹿爸爸 / 约翰舅舅	Rick Lechowick
长颈鹿妈妈 / 母亲	Aymee Garcia

本剧的创作灵感来自 2014 年 2 月在丹麦发生的真实事件：哥本哈根动物园安乐死了一头名叫马里乌斯（Marius）的健康雄性长颈鹿，以避免近亲繁殖。动物园邀请游客（包括儿童）现场观看对马里乌斯执行安乐死、尸检、肢解、投喂给园中狮子的全过程，并配以专业讲解。

车祸

人物：

男人

女人

众人

场景：

也许是一个公交站台

【几条长椅，清晨八点左右，各式各样的人：老师打扮的，西装革履的，工厂工人，穿校服的学生……坐在长椅上等待，彼此没有任何眼神交流。

【在这群人中间，坐着男人，正看着报纸，他寻常白领打扮，带了个公文包，手里拿着一杯咖啡。

【女人登场，她四处看了看，最后在男人身边坐下。男人礼貌地往旁边挪了挪，给她腾位子。女人坐定了，看了看男人，过了一会儿，又看了一眼。男人感受到她的目光，很快地回看了她一眼，礼貌地笑笑。

女人：

我可以看看您的报纸吗？

男人：

呃，行，给。（递过报纸）

【男人将他看完的那几版给了女人。

女人：

可以喝你的咖啡吗？

【男人显然有点诧异。女人拿起他的咖啡，喝了一口，对男人微笑。

女人：

太难喝了。

男人：

我知道，喝惯了，无所谓了。

女人：

我们一起看吧。要是你不介意的话。

【男人有些尴尬，但是仍然礼貌地将报纸移到女人眼前。

女人：

能不看体育版吗？

男人：

您想看国际，还是国内新闻？

女人：

先看国内吧。

男人：

好。

【他们二人各持报纸的一边，开始阅读。

【女人似乎看到了什么不幸的内容，流出了眼泪。

【男人察觉到她流泪，放下了手上的报纸，尝试安慰她，递给她纸巾。

男人：

车祸里……有您认识的人？

女人：

没有没有。

男人：

那就只是一场车祸罢了，新闻里成天都是，干吗那么认真？

女人：

可是还有照片！看，太惨了！

男人：

大事故都有照片啊。

女人：

我知道，我知道。可是，两百辆车呢……

男人：

前排追尾，当然整个高架都逃不过。别哭了，别哭了，这些人你又不认识他们，何必这么伤心呢？

【女人渐渐停止哭泣。

女人：

嗯，你说得对。

【停顿。

女人：

但你也不认识我啊。

男人：

啊？

女人：

要是我，也是这里面的一个……你也不会有任何感觉吗？

男人：

会难过的吧。

女人：

别装了，你都不认识我。

男人：

没，没错。可是我们说过话，所以不能说完全不认识。

女人：

是我先主动跟你说的。

男人：

啊？

女人：

算了。如果你是这里面的一个，我也会难过的。

男人：

谢谢。

女人：

两百辆车，就算每辆车里只有一个人，那也有两百个人了。你觉得这两百个人中……会不会有一个，像你一样的男人？

男人：

像我一样？是什么样？

女人：

年轻，干练，喝着难喝的咖啡，缺少睡眠，讨厌自己的工作，又喜欢自己的工作，但又讨厌自己的工作。

男人：

也许吧。这么说来，肯定也有个像你一样的女人。

女人：

像我一样，是什么样？

男人：

黑色的长发，眼睛很漂亮，不怕生，对体育不感兴趣……唔……我只知道你这么多了。

女人：

这么说来，昨天有一个像我一样的女人死于这场车祸，而你竟然一点伤心的意思都没有。（故作严肃）你怎么回事？

男人：

那你得再给我讲讲那个女人。

女人：

她也许，穿着一件绿色的T恤，开白色福特。

男人：

她单身吗？

女人：

我单身。

男人：

不，我问的是，她。

女人：

我觉得她是单身的。

男人：

现在我有点伤心的感觉了。

女人：

很好。

男人：

继续啊，这点儿信息就能让我为她痛不欲生？

女人：

她正开车去市区买礼物。赶时间，她就上了高架。

男人：

给谁买礼物？

女人：

她的侄子过九岁生日。

男人：

那她挑了什么礼物？

女人：

她还没挑呢。

男人：

（沉默）太可惜了。

女人：

你也跟我讲讲那个男人。

男人：

哪个？哦，那个啊。他没准穿一件蓝色条纹的衬衫。我也有那么一件。

女人：

呵。

男人：

他应该也挺无聊的，也许他是个房产中介，正乘公交去见客户。

女人：

客户没等到他，一定失望了。

男人：

那些人才无所谓呢，他们反正也是没完没了地东看看，西看看，死都不买。

女人：

你在中介公司上班？

男人：

我不是。我爸以前是，穿西装打领带，天天只睡五个小时。他也说不上来喜不喜欢这份工作。反正天天都在城里跑来跑去，从城南跑到城北，再从城北跑到城南。有一天晚上他没回家，我记得那一夜长得仿佛没有尽头。第二天早上一睁眼，我和我妈看到报纸上写着，城里昨晚发生一起特大交通事故……

女人：

天哪！

男人：

然后这时他正好进门。那场车祸跟他没关系。他今年已经七十多了，退休了，天天在家喝点小酒，和邻居打打牌，过得挺安逸。

【女人如释重负。

男人：

可是这个男人却死了。（指报纸）

女人：

是啊……

【女人突然喘不过气来。

女人：

当时是什么情形？

男人：

车祸？一切都发生在一瞬间。

女人：

是谁引起的？

男人：

也许一名年轻母亲赶着送孩子上学，她上班就要迟到了。所以就开得比平时快了一点，就快了那么一点儿。

【他们身边一个年轻的母亲带着她的两个孩子起身，不爽地走开，换了个位子。

女人：

也许是一个才学会开车的少年。和大多数这个年龄的男孩一样，他毛手毛脚，又天不怕地不怕。

男人：

没准还一脸的痘痘。

女人：

你以前就是那样吗？

男人：

更惨。

【女人大笑，注视着男人。

女人：

我几乎，可以原谅那个男孩儿了……

【一个脸上长满粉刺的小伙子站起来，走到另一边。

男人：

第一辆车飞驰着，突然失去了控制，一头撞上护栏。惊心动魄的巨响。

女人：

第二辆车直冲它的车尾，车里是一名西装革履的律师。他正在去法院的路上，他的客户酒后驾驶，本来他很有把握打赢这场官司。

男人：

唔。

【一名律师打扮的人不悦地离开。

女人：

第三辆，第四辆，第五辆。

【这时候时间像是被快进了一般，除了他们二人，其他人不断地站起，坐下，站起，坐下，像是精心编排的舞蹈。

男人：

第六辆，第七辆，第八辆……

女人：

五十。六十。七十。

男人：

一百……

女人：

轮到了**那个**女人。

【舞蹈停止。一声尖叫。

女人：

她整个人飞了出来。看到前方不远处有一辆车，车里的人和东西也都飞出来了，一瞬间成千上万块的乐高积木撒到空中。“我侄子应该会喜欢。”她飘在半空，盯着那些积木，心想，“送积木倒不错。”

【一个坐在长椅上的男孩儿，不小心把几块自己的积木掉在了地上。

男人：

而**那个**男人也看见了这一幕。他和她只相距两辆车。他想起那年，他还是个小男孩的时候，家人也给他办了个生日派对。爷爷奶奶，外婆妈妈绕着他转，大家唱啊笑啊。但是直到切蛋糕，父亲都没有回来，所以他特别讨厌那个蛋糕。夜里他在失望中睡着了，做了个噩梦，梦里好多人绕着他转啊，笑啊……突然他感觉到有人吻他的脑门。他睁开眼睛，居然是爸爸！爸爸手里拿着一大袋五颜六色的积木。和那些飞在空中的，一模一样。

女人：

环形的高架，整圈整圈的人和车被抛上云端，好像一滴巨大的水珠砸在水面上，溅起一圈皇冠般水花。

男人：

看上去真的很美。

女人：

从一个点，能看到所有人。

男人：

他看到他的咖啡洒在空中，划出一道好看的弧线。

女人：

我以后再也不喝那么难喝的玩意了，他暗暗下决心。

男人：

这一刻，一只小狗飞过他头顶，对他挥舞着小爪。

女人：

小狗吓尿了，打湿了他的头发。

男人：

谢谢你了。（停顿）就在这时，他发现自己在飞。

女人：

和所有人一起并肩飞翔。

男人：

他远远看到一个人，像是他高中历史老师。“哎！哎！”他大喊，“还记得我吗？”“天哪！太巧了！小李啊！你最近怎么样？”她高喊着回答。他们有十年没见了。他正想告诉她，她这么多年来倒是没怎么变，可她越飞越远。突然，不知谁的手机响了。它响啊，响啊，响啊……这当口上，那位老兄估计是没工夫接了，不过铃声居然和他以前用的一模一样。咱们的品位倒挺接近，他想。

女人：

是谁打来的？那个手机的主人一生中，从来没有像此时此刻这样好奇过，如此绝望地想知道答案。任何人都有可能：是几个月前分手的未婚妻吗？没准她回心转意了？是医生打来的吗？母亲又中风了？又或许，只是哪个人拨错了号。

男人：

然后，铃声就飘远了。

这时，这个男人体会到了一种从来没有过的感觉。他感到了一种……连接，感到自己成为一分子，不仅仅是一场车祸，而是这个世界的一分子。和“泰坦尼克号”的沉没不同，他们没有时间各自挣扎。在那短短的几秒里，他们唯一能做的就是注视着彼此，听着耳边呼啸的风声。

女人：

他看见她了吗？那个女人。

男人：

穿着绿色 T 恤的那个？他看见了，她的长发在阳光下闪闪发光。她嘴巴张得大大的。看上去有点滑稽，对他来说却格外可爱。

女人：

她出门前刚洗了头发，还没完全干。

男人：

她发梢的水滴飞溅出来，落在男人的脸上，男人闻到了她的发香。

女人：

在闻到人肉烧焦的煳味之前。

男人：

在闻到人肉烧焦的煳味之前，那几秒钟就像是天堂。

女人：

女人也看到了他，从一个奇怪的角度，他正好飞得头脚颠倒，“啊呀，你看起来可真滑稽。”她笑起来，这甚至让她暂时忘却了死亡的恐惧。

男人：

他觉得这姑娘对他有意思。

女人：

其实他根本不是这姑娘的菜。

男人：

！？

女人：

但她觉得给他一次机会也无妨。

男人：

小子运气不错！

【沉默。

男人：

突然，一种巨大的忧伤击中了他，比之后一扇迎面飞来的车门让他更疼。他意识到他永远都不会有机会和这个女人坐下来好好聊聊。“可那又有什么大不了的呢？”他不明白为什么心里突然涌起了一种那么强烈的、陌生的感觉……就是……突然特别想更了解她，了解关于她的一切，想和她一起坐在一家冰激凌店里回想这一刻，想逗她开心，看她笑，还想看她哭……太奇怪了，他搞不懂自己。在生命的最后几秒里，他爱上了一个人：“也许她就是我可以共度余生的那个人。”这个念头让他充满了前所未有的生命力，“爱一个人多么美妙。”下一秒，一扇车门砸中了他。

女人：

他的确与她共度了余生。

男人：

虽然只有短短几秒。

【女人轻轻地把头靠在男人的肩膀上。

女人：

现在我们认识他们了。

【男人轻轻地吻了女人的面颊。

【他们相爱了。

【剧终】

2009 年 10 月 11 日于纽约

中文版译于 2014 年 5 月 1 日纽约

首演信息

短剧《车祸》于 2012 年 8 月 16 日在纽约的沙皮洛工作室首演，作为哥伦比亚大学夏日戏剧节的一部分。导演：Adam Lubitz。舞台监督：Arysbells Figueredo。灯光设计：Alex Fabozzi。演员名单如下：

男人	Maxon Davis
女人	Danielle Faitelson
群演	Chaelee Chaput
	Timothy McCarren
	Ryan Nicolls
	Ethan Nguyen

本剧的创作灵感来自萨拉·斯茨（Sarah Sze）的艺术装置。

蜂蜇

人物：

乔治——六十多岁的男人

朱莉——六十多岁的女人

场景：

地铁站

【乔治穿着防护服，带着行李箱，走进空荡荡的地铁站。他在入口处刷地铁卡，机器发出嘟嘟的错误提示音。他再次刷卡。还是没用。

乔治：

喂？有人吗？还有人在这里工作吗？

【朱莉穿着防护服、戴着 MTA（纽约大都会运输署）的工作帽，出现在旋转门的另一边。

乔治：

朱莉？

朱莉：

乔治！

乔治：

你还在上班？

朱莉：

是啊，我不能待在家里。太压抑了。你需要什么帮助？

乔治：

我进不去。

朱莉：

再刷一次。

【乔治又刷了一次卡。还是不行。

朱莉：

这次快一点。

【乔治按她说的做。

朱莉：

再快点。再快点。再快点。更快。现在慢一点。慢一点……更慢……快！慢。慢慢地。快！快！快！快快！转身！试试从后面！不要停！不要停！好！好的！好的！继续！别停！

【乔治在她的指示下一次又一次地刷地铁卡。地铁驶来的声音。

乔治：

它来了！来了！来了！来了！

朱莉：

是的！是的！是的！是的！是的是的！耶！耶！耶！耶！啊！

【这张卡终于刷过去了。乔治进站。两人都累坏了。喘着粗气。

乔治：

你太棒了！

我得走了。

【但他没有动。地铁开走了。

朱莉:

你的妻子怎么样了?

乔治:

她死了。

朱莉:

啊。我很遗憾。

乔治:

是我举报了她。她给我看她脖子上的红肿的时候害怕极了。那些印子看上去就像蜜蜂蜇的。我跟她说别紧张，这跟新闻里的完全不像。她相信了我。然后我扭头就打电话给医院了。他们来带走她的时候，她还在做晚饭。他们把她做的东西都扔了。从那时起我就一个人过了。(顿)

这场瘟疫把我变成了一个怪物。

朱莉:

不，不要那样责备自己。你只能那么做。你救不了她。如果你不举报，她无论如何都会死，你也会死，许多人都会死。在这样的时候，做个好人是一种奢侈，我们没人能负担得起。

乔治:

我也是这么对自己说的，但我还是……

朱莉:

如果那第一个感染者的家人像你一样，整个悲剧就不会发生了。

乔治：

你说得对。（顿）戴夫怎么样了？

朱莉：

他已经在医院里一个月了。不知道是死是活。

乔治：

天哪。我一点也不知道。

朱莉：

他从他的秘书那儿得的。红印子是从他下半身开始扩散的。感谢上帝，我们已经三十年没上过床了。我第一次为此感到高兴。

【顿。

乔治：

他怎么能这样？那个混蛋怎么能这样对你？

朱莉：

乔治，我没想到我的婚姻会变成这样。

乔治：

如果我知道他会这样对待你，我当年绝不会放弃！

朱莉：

我那时候太年轻，太蠢了。

乔治：

你为什么从来不跟我说？

朱莉：

你有你自己的生活要过。你和莎莉。你们看起来那么幸福。

每次我在地铁站里看到你们俩，都很羡慕。

乔治：

莎莉。她是个好女人。是我辜负了她。她直到去世都不愿再见我。

朱莉：

如果不是穿着这玩意，我现在会给你一个拥抱。

乔治：

我们还是可以拥抱的。

【他们拥抱在一起。

【朱莉哭了。

朱莉：

抱歉……我就是……很久都没有碰过另一个人了。

乔治：

我也是。

朱莉：

戴夫很久以前就不碰我了。而现在，没有人再碰任何人了。我女儿刚生了宝宝，但她不许我亲外孙，甚至不允许我抱他。警察把我的狗也关起来了。简直是……太孤独了！

乔治：

我懂。相信我。我懂。

朱莉：

我甚至感觉不到我的皮肤了。有时我担心它已经融化在这层塑料里了。

乔治：

我不敢脱防护服，哪怕我一个人在家时也不敢。我不敢哭，因为谁知道空气中含有什么。病毒没准会沾在液体上钻进我的眼睛。有时我甚至不敢笑。

朱莉：

（注意到他的行李箱）你要走了？去哪里？

乔治：

我要离开这个城市！走得越远越好！

朱莉：

可是所有的机场、铁路、州际公路、港口都关闭了。

乔治：

那我就步行。我就划船。我就挖隧道。我必须离开这里！它把我变成了一个我自己都认不出来的人！我必须离开这里。

朱莉：

可是这场瘟疫无处不在。你不知道它已经传得有多远了。我听说连南极的企鹅都在腐烂。

【沉默。

乔治：

连企鹅都？

朱莉：

是啊，我在《纽约时报》上看到的。

乔治：

完了。

朱莉：

别傻了，乔治。回家去吧。好好待着。你还健康，这太珍贵了。有一天这一切会结束，我们要活着看到那一天。

乔治：

太安静了。

朱莉：

是啊。你是我今天唯一见到的人。

乔治：

我那里整个街区都是空的。

朱莉：

我们比很多人生命力都强。

乔治：

我们小时候就比大多数孩子都强大，记得吗？

【朱莉笑了。

朱莉：

我真想念那些日子。

乔治：

我也是。

朱莉：

我还记得我们的初吻。正是在这个车站。时间过得真快。一眨眼，我这一生就快到头了。

乔治：

这么多年过去了，我们又回到了这里。朱莉，也许冥冥之中……

朱莉：

不不，太晚了。

乔治：

不晚！你还活着。我也活着。有些事情永远不算晚。

朱莉：

你是认真的吗？

【乔治从口袋里掏出一个小盒子，打开。

乔治：

这是我四十年前向你求婚用的戒指，一直没能戴到你的手上。你有戴夫了。我后来也找到了莎莉。四十年后，我想再问你一遍。

【乔治单膝跪地。

乔治：

你愿意嫁给我吗？

【朱莉喜极而泣，哭着点头。

朱莉：

愿意，我愿意嫁给你。

【乔治把戒指从盒子里拿出来。朱莉摘下她的左手手套，把左手伸向乔治。

【乔治愣住了。他盯着朱莉的手看。

【朱莉收回手，自己也盯着它看。

乔治：

它像这样有多久了？

【朱莉摇摇头，恐惧地退后一步。

朱莉：

我只是被蜜蜂蜇了。

乔治：

你去看过医生吗？

朱莉：

没有！我没有感染。

【乔治调整他的口罩，把它封得紧紧的，并拿起地上的行李箱。

乔治：

你不应该出来上班的。

【乔治拿出了手机。

朱莉：

你做什么？

乔治：

朱莉，你知道这样是不对的。

【火车驶近的声音。

朱莉：

我没有感染！

乔治：

朱莉，你知道我爱你。

朱莉：

你也爱过莎莉！

【乔治继续在手机上拨号。

【地铁驶来的声音。

【朱莉猛地把乔治推下轨道。

【暗场。

【剧终】

2014 年 10 月 22 日于旧金山

中文版译于 2021 年 6 月 4 日上海

首演信息

《蜂蜇》由纽约 Ensemble Studio Theatre 剧院 Youngblood 编剧组制作，作为 2014 年 11 月“自找麻烦”短剧节的一部分。该短剧节的规则是用随机分配的演员和元素，来限制和激发编剧的创作。本剧首演由 Paul L. Coffey 导演。演员名单如下：

朱莉	Christine Farrell
乔治	Jay Patterson

本剧的创作灵感来自编剧当时抽签分到的上述两位演员，标题“蜂蜇”（Bee Sting），以及一张“女人在男人求婚时晕倒”的动图。

床上的故事

演出方式

1. 本剧受“Play at Home（在家玩）”项目和北美长江剧团的联合委托创作，创作要求是“写一个不可能在剧场制作出来的戏，剧本供公众下载，疫情期间在家中与亲人爱人一起分角色朗读消遣”。因此，这不是一部给观众看的戏，而是给表演者自己感受的戏。剧中的性爱，不是在舞台上表演的性爱，而是真实的性爱。亲身参与这个剧本的表演，给你带来的体验和理解将远远超过一名观众。

2. 作者向公众免费授予本剧的排演权。你可以在伴侣知情并同意的情况下，将你们的表演录影，并在遵守当地法律法规的前提下，与他人分享。

3. 剧中的两个角色，可以是任何性别。

4. 在阅读剧本之前，请随机地分配角色。

人物：

两个人

场景：

床上

C：

我想告诉你，我以前睡过多少人。

D：

来吧。

C：

你要不要先猜一下。

D：

哦。5 个？

C：

呃……

D：

12 ？

20 ？

C：

你这么猜，我倒有点紧张了。

D：

多了还是少了？

C：

你就随便猜吧。

D：

25？

C：

不是。

D：

27？好了现在我紧张了。你直接说得了。

C：

我不想说了。

D：

30？ 35？

C：

262。

D：

我靠！

C：

我还是不该提。

D：

没事没事。我刚才一下子反应有点大。现在缓过来了。没事。我们之间该怎么样还是怎么样。

C：

那就好。

D：

我靠。怎么可能？这都不现实主义了我靠。

C：

我也不知道。就是这么多啊。听着夸张，但是你真的算算，也没那么多。

D：

这还不多？你个不要脸的。

C：

你生气了。

D：

我是受伤了。

C：

我就知道。不该告诉你。

D：

是不该告诉我！

那都是，一夜情还是？

C：

不是。是交往。有些一夜之后没有下文了，但我那时以为会更久。

D：

所以，是有感情的。你的心已经动过了 262 次。

C：

263 次。这不还有个你嘛。

D：

我才不要当 263 号。

C：

但你是啊。

D：

去你妈的。你他妈别说了。

C：

如果我对他们没有感情，光是上床，你会好受一点吗？

D：

会。最好这 262 个人都耳聋眼瞎，这样就不能跟你说说笑笑，不能跟你深情对视。不，还是不行。他们只是 262 个装着关键器官的长毛绒玩具。然后，砰！我这个活生生的人走进了你空虚寂寞的生命里。

C：

那样的我，你不会喜欢的。

D：

我只有过你。

C：

这有什么好比的。

D：

跟你比，我就像是第一代原始人一样。当雪花落下，我以为世界要完蛋了。当我失去知觉，我以为自己要死了。而你，你什么都知道了，你知道冬天后面会变成春天，睡一觉醒来生命会继续。没有什么能再伤到你了。

C：

也许你不信，但是每次结束还是像要死了一样。

【沉默。

D：

今天我是硬不起来了。

C：

我不信。

【他们亲热。

D：

我还以为我们挺好的。

C：

是挺好的。只不过，我觉得你认真了。

D：

我才不认真呢。

C：

你选择跟我分享的小事，你听我说话的样子，你为晚餐做的规划，你跟朋友提起我俩的语气……我觉得你是把这个当作一段长期的……

D：

（蔑笑）别美了你。

C：

对不起。

【D 咬了 C 一口。

C：

啊！！！

D：

对不起。

C：

没关系。（顿）看你那么享受，我感到害怕。你怎么就一点也不担心，一点也不怀疑。而我，我知道，我的恋情没有超过三个月的。

D：

三个月？那不就是……明天？

什么意思？你现在提这个……你要分手？

C：

不是。我只是不想让你受伤。（顿）你要分手吗？

D：

我想都没想过。（停）我觉得这一辈子就是你了。

C：

呃，因为你也没跟别人在一起过。

D：

（强忍住眼泪）跟这没关系。

【C吻D。他们亲热。

C：

（当D的手抚摸过C身体的不同部位时）以前的我跟现在完全是两个人。这些山，那时候是盆地。这片沙漠以前是森林。这里以前是一整块，后来在剧烈的板块运动下裂开，形成了你现在啜饮的这片汪洋。你的手，是在翻一本记录人类活动的档案。

【D停住了，冷冷地打量着C赤裸的身体。

C：

你在干吗？

D：

我在想象。

【C感到不自在，想把自己遮起来，D不允许。D的注视让C感到越来越难以忍受。

D：

你还记得他们吗？

C：

记得。

D：

每一个都记得？

C：

有些记得更清楚一些。

D：

你可以说你忘了。

C：

可是我记得啊。我也会记得你。

D：

靠。你想分手就直说。

C：

我不是那个意思。我是希望你明白……有时候，一段感情结束了，你都不知道为什么，直到你再次爱上一个人。一个真正适合你的人。你会说："原来爱是这种感觉？！我还以为我以前爱过，没想到可以是这样的。"

D：

放屁。

C：

再回头看，你会意识到，我只是生活给你准备的一场培训，这样等对的那个人出现的时候，你就懂得如何去爱了。

D：

你说的这些永远也不会发生。别废话了。衣服脱了。

【他们做爱。

D：

（疼）嗞！

C：

哦，对不起。

【他们继续。

D：

（疼）嗷！

C：

对不起。

【他们换一种姿势继续。

D：

这样好……嗷！

C：

对不起。

【他们换一种姿势继续。

D：

啊！

C：

对不起。

【他们换一种姿势继续。

D：

啊！

C：

对不起。

【他们换一种姿势继续。

D：

嗞！

C：

对不起。

【他们换一种姿势继续。

D：

啊！

C：

对不起。

【他们换一种姿势继续，D很享受，然后

D：

啊！嗷！嗷！！

C：

怎么回事？！

D：

你弄疼我了。

C：

今天又没什么不一样。

D：

每次都疼。我只是从来不告诉你。

C：

什么？！

D：

呵呵，没有其他人告诉过你吗？

C：

没有啊。

D：

你不是有 262 个恋人的培训吗？就培训成这样。难怪他们都不要你了。

C：

你是不是在耍我？我看你是装的。

D：

真的很疼。

C：

那你以前怎么不说？

D：

我以为就是应该这么疼的。

C：

怎么可能呢。

D：

你不疼吗？

C：

不疼啊。

D：

从来都不疼？

C：

好像很久以前也疼过吧。不记得了。

D：

这样啊。

C：

疼你还做？

D：

我以为爱一个人就是要这样的。

C：

对不起。

D：

别停啊。

C：

我不想伤害你。

D：

不要紧的。

C：

不行！

D：

你说你以前也疼过。我再练练，就能和你一样了。我已经在慢慢习惯了。别停啊。你不是要培训我吗？

【他们做爱。

C：

还疼吗？

D：

疼。但是别停！

C：

这样真不行。

D：

你这个胆小鬼！不许停！

C：

不要离开我。

D：

别停！（顿）你刚刚说什么？

C：

不要离开我！

【他们做爱。

【他们同时高潮，或者一先一后，但是都高潮了。

【他们老了五十岁。他们现在很老很老了。

D：

哇。太爽了。

C：

疼吗？

D：

到处都疼。浑身上下每根骨头每个关节动一动就疼！但是跟你没关系。你很棒。刚才真的很棒。

C：

我也觉得。

你变了。

D：

是啊。这些高山，峡谷，森林，沙漠，海洋都不在原来的地方了。你之后，我有过许多个爱人。总共 263 个。这个身体已经沧海桑田了。我现在明白你的意思了。

对不起，我还是离开了你。

C：

没关系。我为你高兴。

D：

你呢？我走后，你又跟多少人睡过？

C：

就一个。你走的第二天，我遇见了她。我们在一起度过了一生。她上个星期去世了。

D：

啊……抱歉。

C：

没事。

D：

所以，她就是你找了 263 次终于找到的那一个。

C：

是的。

【沉默。

C：

你呢？

D：

那个人一直都是你。

你那时候不相信。现在我爱过了 263 个人，可以回来告诉你了，真的是你。

C：

我不知道该说什么。

D：

说你想跟我再试一次。

C：

可是我们都快死啦。我有肾衰竭。

D：

我肺癌晚期。

C：

我有糖尿病和白内障。

D：

我有扁桃体结石。

C：

我便秘。

D：

我头发都白了。

C：

我连鼻毛都白了。

D：

没关系。

【他们牵着手躺在床上。

D：

没关系的。

你想再来一次吗？

C：

好。

【剧终】

创作于 2020 年 5 月 13 日纽约

中文版译于 2020 年 8 月 27 日纽约